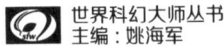

世界科幻大师丛书
主编：姚海军

SIMULACRON-3
十三层空间

［美］丹尼尔·加卢耶 著

赵伟轩 译

四川科学技术出版社

SIMULACRON-3 By DANIEL F. GALOUYE
Copyright: ©
This edition arranged with THE SPECTRUM LITERARY AGENCY
through BIG APPLE AGENCY, INC., LABUAN, MALAYSIA.
Simplified Chinese edition copyright:
2017 SCIENCE FICTION WORLD
All rights reserved.

图书在版编目(CIP)数据

十三层空间 / [美]丹尼尔·加卢耶 著；赵伟轩 译.
-成都：四川科学技术出版社，2017.4
（世界科幻大师丛书）
ISBN 978-7-5364-8567-9

Ⅰ.十… Ⅱ.①丹…②赵… Ⅲ.科学幻想小说 – 美国 – 现代
Ⅳ.I712.45
中国版本图书馆CIP数据核字（2017）第052970号
图进字 21-2016-216号

世界科幻大师丛书
十三层空间

出 品 人	钱丹凝
丛书主编	姚海军
著　　者	[美]丹尼尔·加卢耶
译　　者	赵伟轩
责任编辑	宋 卉　姚海军
特邀编辑	李克勤
封面绘画	兰世韬
封面设计	李 鑫
版面设计	李 鑫
责任出版	欧晓春
出　　版	四川科学技术出版社
	四川省成都市槐树街2号出版大厦　邮政编码：610012
开　　本	140mm×203mm
印　　张	6.75
字　　数	140千
插　　页	2
印　　刷	成都金龙印务有限责任公司
版　　次	2017年4月成都第一版
印　　次	2017年4月成都第一次印刷
定　　价	20.00元

ISBN 978-7-5364-8567-9

■ 版权所有·翻印必究 ■

■本书如有缺页、破损、装订错误，请寄回印刷厂调换。
厂址：四川省郫县现代工业港北区蜀新大道一段356号　邮编：611730

在这一场幻世

姚海军

"陌生"是我放下这本书稿时想到的第一个词。

丹尼尔·加卢耶,我之前似乎从未听说过这个名字,而且我相信,绝大多数读者也和我一样。

但这无关紧要,即便有更多的人不知道这世界还曾有过一个叫丹尼尔·加卢耶的科幻作家,即便这位作家早在四十多年前便已经离开了我们这梦幻一般的世界——因为,他为我们留下了一部真正超越时代的经典。而这,应该是一位科幻作家所能够获得的最高荣耀。

这部创作于1964年——那时候的计算机还处于晶体管时代——的科幻小说令人

惊讶地预言了今天正在变为现实的虚拟现实技术,以及这项技术的终极未来。笛卡尔说:"我思,故我在。"加卢耶却借由这部科幻小说发问道:"我思,我便真的在吗?"这样的疑惑或许贯穿了加卢耶的一生,但从他这部"生不逢时"之作在今天仍能透过历史的烟云放射出耀眼的光芒来看,至少在价值的意义上,笛卡尔之言并虚妄。

噢,对了,我刚刚放下的这本书稿名叫《幻世-3》。

你当然会为这个名字再次感到陌生。为了摆脱这种陌生感,当我们把它变成一本中文书时,会用这样一个书名——《十三层空间》。

没错,就是《十三层空间》。我相信你会从这个书名找回熟悉的感觉。1999年,约瑟夫·鲁斯纳克导演的同名科幻电影大获成功,至今仍被奉为科幻电影中的经典,而这部影片正是根据《幻世-3》改编而成。

令人感到"陌生"的不仅是作者,还有这部小说里的技术名词。加卢耶虽然预见了虚拟技术未来的方向,但现代虚拟现实技术并没有完全承袭这位预言家对相关设备和术语的命名。这部我们本不应感到陌生的小说因此带上了比较强烈的异质感。阅读它,我们仿佛踏入了一段另类历史的时间之河(放心,故事仍然足够精彩)。它太过超前,其出版时,计算机还远未走进寻常百姓家;关于虚拟的梦,更仅仅是极少数天才头脑中才有的灵光。

"惊艳"是放下这本书稿时浮现在我脑际的另一个词。

我想起弗诺·文奇的《真名实姓》(1981)。想起当初出版其中文版时,自己是如何为文奇早在威廉·吉布森之前即对网络空间、虚拟现实及电脑朋克做出惊人预见,却未能成为赛博朋克的代言人而惋惜。而现在，这种惋惜更为强烈。因为构想出多重虚拟世界及电脑朋克的《幻世-3》早于赛博朋克的扬名立派之作《神经浪游者》(1984)不是三年，而是整整二十年！

《幻世-3》给读者留下深刻印象的不仅是那些创造性的、超越时代的想象，还包括作者对我们这个世界中的每一个生命个体的存在意义的深刻思考。故事的开初，这样的思考将所有的意义导向于虚无：当我们想到，作为观察者的自己可能正基于更上层的观察者所提供的现实做出自己所谓的人生选择时；当我们顿悟，我们对世界的猜测永远无法超越这个世界本体时，世界从未有过地虚幻起来，并呈现出荒谬的本性（看起来很菲利普·迪克）。最终，尽管我们仍然无法判定现世是否也是一场虚拟，但我们还是通过主人公找到了生命的意义。在我看来，那样的意义便是不思考意义的前提下的拼争与努力。我行动，故我在。

联想到科幻文学里的赛博朋克运动以及后来的电影《十三层空间》乃至更后来的《黑客帝国》，《幻世-3》无疑是一场革命的号角。只可惜那声号角要到后世才可能被清晰地闻听。这是美国科幻的一段历史，又何尝不可能是我国科幻正在发生的现实。

最后，我要郑重向读者朋友们介绍丹尼尔·加卢耶：

丹尼尔·加卢耶1920年出生于美国路易斯安那州新奥尔良市，从路易斯安那州立大学毕业后成为一名记者。第二次世界大战爆发后他应征入伍，成为一名海空航空兵教官和试飞员。从海军退役后，他重返新闻出版行业，先做记者，后成为编辑，直到因健康原因于1967年提前退休。1976年，加卢耶因病去世。

加卢耶于1952年在《想象》杂志发表了自己的处女作《重生》

（Rebirth），此后，他的中短篇小说开始现出现在《银河》《惊奇》《幻想与科幻》等科幻杂志上。1961年，加卢耶开始长篇创作。他一生共创作出版了五部长篇科幻小说，分别为《黑暗宇宙》(1961)、《心灵粒子之王》(1963)、《幻世-3》(1964)、《失去的感知》(1966)、《无限的人》(1973)。

加卢耶生前没有获得过任何重要的科幻奖项。但实际上，他的第一部长篇小说仅以一票之差，落选雨果奖。

美国以发掘被遗忘的科幻经典而著称的凤凰精选出版社在几年前重出《幻世-3》和《黑暗宇宙》时，邀请著名科幻作家迈克·雷斯尼克撰文介绍加卢耶。迈克就此讲述了一则关于此事的逸闻：他和加卢耶都参加了1968年在美国加利福尼亚州伯克利举办的世界科幻大会。他们一起吃了个饭，席间聊起加卢耶的《黑暗宇宙》，加卢耶说当年的雨果奖投票时，他将他那一票投给了海因莱因的《异乡异客》。

1961年的雨果奖，海因莱因以两票优势战胜了加卢耶，捧走了奖杯。如果加卢耶当年把他那一票投给自己，他的长篇处女作就将和20世纪60年代世界最畅销的科幻小说共同赢得雨果奖。

这座失去的奖杯从一个侧面折射出一位优秀科幻作家心灵深处的光亮。

1

看今晚派对开场这架势,霍勒斯·P.西斯金的赫赫声名显然只会有增无减。

光是他推出的那款"第谷①空翻三件套",就已堪称年度最佳娱乐设备。等到向人们展示了在火星的大瑟提斯②高原上发现的催眠石后,他的非凡成就无疑又达到了一个新的巅峰。

虽然三件套和那块石头着实新奇,但没等派对结束,它们便已经不足为奇了。因为我十分确定,这世上没有哪件怪事能和亲眼见到一个人凭空消失相提并论。

顺带说一句,这可不是今晚的娱乐节目。

对了,说到西斯金的奢侈作风,我可以指出一点,他的"第谷空翻三件套"完美还原了月球重力。那座体型庞大、和周围奢华布置格格不入的重力抑制器平台,在这套豪华顶层公寓里占据了整整一个房间,它的各台发电机则乱糟糟地放在室外的屋顶花园里。

---

①月球上的一座环形山。
②火星北半球的大流沙地带。

催眠石的展示会也搞得排场十足,西斯金煞有介事地请了两位医生到现场待命。我此时还在一边冷眼旁观,对待会儿要发生的怪事全然不知。

催眠石的一个琢面发出淡蓝色的光芒,洒在某位苗条的黑发少女的脸蛋上,她那双乌黑的大眼睛顿时泪如雨下。

这块晶莹奇石在转盘上极其缓慢地转动,射出的一道道光束多彩斑斓。它们在光线昏暗的屋子里横扫流转,如同巨轮的条条轮辐。突然,催眠石停止了转动,一道深红色的光束打在某人脸上。这个神情有些谨慎的人,是西斯金那群生意伙伴中的一位。

"不!"他立刻惊呼道,"我这辈子从没吸过烟!现在也不要!"

众人哄堂大笑,催眠石再度旋转起来。

或许是担心自己会成为那束光的下一个目标,我踩着柔软的丝绒地毯,从围观人群中退了出来,向对面的酒吧间走去。

来到吧台,我在自动点酒机上点了一杯苏格兰小行星①,站在窗边,俯瞰着脚下流光溢彩的城市夜景。

"帮我点杯波旁,好吗,道格?"

是西斯金。在室内柔和的光线下,他的身材显得异常矮小。我看着他向我走来,惊叹于那副反差强烈的外表。他身高不到五英尺三,举手投足间却有种巨人的风范——从拥有的财富来看,他确实是个巨人。他头发浓密,两鬓只有少许灰白,脸上没什么皱纹,一对灰色眼眸转个不停,完全让人想不到他已经六十四岁了。

---

①作者虚构的一种苏格兰威士忌。

"好的,一杯波旁。"我一边在自动点酒机上操作,一边冷冷地确认道。

他斜身靠在吧台上,"你好像不怎么喜欢今晚的派对。"他的语气中有几分不满。

我未置一词。

他将一只穿着五码鞋的脚搁在吧凳的横档上。"今晚这场盛大的派对花了我不少钱,而这是专门为你办的。我想你多少该表示点谢意吧。"他半开玩笑地说。

他要的酒出现在取物口,我端起杯子递给他,"专门为我办的?"

"好吧,不完全是。"他笑了起来,"我承认,其中确实也有一些宣传的目的。"

"看出来了。今天来了很多报社和电视台的人。"

"你应该没意见吧?这对'反应股份有限公司'的发展来说可是大有帮助。"

我从取物口端起给自己点的酒,一口气喝掉了一半,"没这个必要,'反应'①靠自己就够了。"

西斯金露出一丝不快的神情——每当他觉得有人在跟他唱反调,哪怕只是象征性地唱反调,他都会这样,"霍尔,我很欣赏你。有我的支持,你的前途可以说是一片光明——不管你是在'反应',还是去我集团旗下的其他企业。可是——"

"除了'反应',我对其他地方都没兴趣。"

"可是现在,"他坚定地说,"公司需要的只是你的专业技术。你当好你的技术主管,宣传方面让我的宣传专家去搞定。"

我们各自默默地喝着酒。

---

①"反应股份有限公司"的简称。

过了一会儿,他用他那双小手转起了酒杯,"当然了,我也明白,我没有给你'反应'的股份,你可能对此有所不满。"

"我对股份没兴趣,我的薪酬已经很丰厚了。我的心思只在工作上。"

"听我说,你和汉农·富勒不一样。"西斯金张开手指,紧紧地抓住杯子,"当初他开发了这套设备和系统,然后来找我投资。后来我们就成立了这家公司——确切来说,是八个人成立的。根据协议,他持有百分之二十的股份。"

"这些我都知道,我做他的助手已经五年了。"我在自动点酒机上按下按钮,给自己续了一杯酒。

"那你为什么一个人跑到这边来生闷气?"

催眠石发出的光芒缓缓扫过酒吧间的天花板,泼洒在窗户上,盖过了窗外城市的溢彩流光。有个女人突然尖声哭喊起来,人群随之爆发出一阵哄笑,淹没了她的声音。

我撑着吧台站了起来,居高临下地盯着西斯金,"富勒一周前才去世,我却像个得志小人一样——在这儿庆祝自己坐上了他的位子。"

我转身想走,西斯金连忙说:"你本来就快坐上他的位子了呀。富勒当时马上就要被调职。技术主管的工作对他来说压力太大了。"

"我听说的可不是这么回事。富勒说过,他已经下定决心,一定要阻止你用那部社会环境模拟器做政治方面的概率预测。"

催眠石的展示会结束了,嘈杂的人声开始涌入酒吧间。一群身着晚礼服的女人和她们的男伴朝这边走来,边走还边用手比画着什么。

一位走在人群前方的妙龄金发女子径直向我走来。我正想走开,她已不由分说地搂住我的胳膊,将其紧紧贴在她的织金连衣裙上。她留着童花头,眼睛里满是惊喜之情,被挑染成银色的发梢斜披在裸露的香肩上。

"霍尔先生,那块火星催眠石简直太神奇了,您说是吗?这其中也有您的功劳吗?我想一定有。"

我转头去看西斯金,他正要开溜。我随即认出,这名女子是他的私人秘书之一。我明白他们在打什么算盘了。现在她仍然在工作,只不过和秘书的工作无关。她是西斯金专门派来安抚我的。

"不,我想那都是你老板的主意。"

"噢。"她一边说,一边钦佩地目送西斯金离开,"多么才华横溢、多么富有想象力的一位小个子啊。哎呀,他简直就是个小可爱,您说是吗?一个短小精悍、惹人爱的小可爱!"

我局促地扭动身子想要离开,但西斯金显然教了她该怎么做。

"霍尔先生,您的研究领域是刺——刺激——?"

"仿真电子学[①]。"

"多么奇妙的学科啊!我知道,一旦您和西斯金先生把那部机器——我可以叫它'机器'吗?——"

"那是一部社会环境模拟器。我们最近才给它排除了故障——已经是第三次了。现在我们把它称为'幻世-3'。"

"——一旦您和西斯金先生把那部机器投入运行,我们就再也不需要那些缠人精啦。"

她口中的"缠人精"指的是注册舆情监测员,也就是我们通常所说的"民意调查员"。我一般不叫他们"缠人精",毕竟人家

[①] "stimulative"与"simulectronics"拼写类似,她把两者混淆了。

也是自食其力,虽然这群无处不在的——呃,缠人精——确实每天都在缠着人们问东问西。

"我们绝没有让任何人失业的打算。"我解释道,"但是等自动化技术全面介入民意调查工作后,必然会使就业市场做出一些调整。"

她亲热地蹭着我的手臂,拽着我往窗户那边走去,"那您的打算是什么呢,霍尔先生?给我讲讲您的那部模拟器吧。还有,大家都叫我多萝西。"

"恐怕没有什么可讲的。"

"噢,您太谦虚了。我敢肯定,可讲的多着呢。"

要是她坚持按照西斯金的授意来跟我玩儿,我何不以其人之道还治其人之身呢——用一种更高明的方式。

"好吧,福特小姐。你也知道,如今我们生活在一个复杂的社会,一个谁都不愿在事业上承担风险的社会,所以才会出现数不胜数的民调机构。在推出一款产品之前,我们想事先知道谁会去买,多久消费一次,他们愿意为之付多少钱;要改变人们的宗教信仰,用哪种方式效果最好;斯通州长赢得连任的机会有多大;目前市场上最需要的是什么;到了下个时尚季,贝茜阿姨是否会喜欢蓝色胜过粉色。"

"所以缠人精无处不在。"她插嘴道,还发出了一串银铃般的笑声。

我点了点头,"民调员太多了。当然,公众也很反感他们。但他们享有《舆情监测员法案》赋予他们的官方身份。"

"而西斯金先生打算结束这一切——西斯金先生和您?"

"多亏汉农·J.富勒,我们找到了一个更好的办法。我们可以运用电子技术创造一个虚拟社会,并在其中安置大量的虚拟人

——或者说信息反馈单位。通过操纵这个虚拟社会,刺激这些信息反馈单位,我们就可以对各种假设的情况进行民意预测。"

她灿烂的笑容里闪过一丝不解,但随即又笑开了花。"我懂了。"她说。但显然她没懂。那我就来个趁热打铁。

"这部模拟器其实就是个普通社会的电子数学模型。我们可以用它进行长期的民意预测,而且预测结果比你派一大群民调员——缠人精——满城去搜集民意要靠谱得多。"

她干笑道:"这是当然了。哎呀,这简直太不可思议了——帮个忙好吗,道格?去帮我俩点两杯酒吧——啥都可以。"

出于对西斯金集团负有的某种义务(虽然我没必要负有这种义务),我可以去帮她点杯酒。可这会儿吧台周围已经人满为患了。就在我犹豫的时候,公司宣传部的一位年轻小伙儿迫不及待地来找多萝西搭讪了。

我如释重负地朝自助餐桌走去。不远处,西斯金正在滔滔不绝地大谈"反应股份有限公司"的模拟器即将创造的奇迹。他的左右站着两人:一位是某报的专栏作家,一位是某家电视台的代表。

他眉飞色舞地说:"实际上,我们将仿真电子学应用于实际的这项最新产物——当然,研发过程是秘密进行的——将对我们的社会产生深远影响。它将使'反应股份有限公司'成为西斯金集团旗下最重要的企业,其他企业到时候都只能靠边站。"

那位电视台的代表提了个问题,西斯金想都没想就回答道:"仿真电子学与之相比的确才刚起步。但是用计算机进行概率预测有很大的局限性,它只能进行单线程的刺激-反应调查。而'反应'的社会环境模拟器——我们称之为'幻世-3',可以通过分析人类的所有行为,对任何假设的民意调查给出预测结果。"

当然，西斯金不过是在鹦鹉学舌，复述富勒的话罢了。但这些话从他口中说出，只给人一种自卖自夸的感觉。富勒却不同，他对自己的模拟器深信不疑，仿佛将其当成了一种信仰，而不只是一台满是复杂线路的三层楼高的机器。

想起富勒，我备感孤独。而想到接任他技术主管一职后即将面临的挑战，我又产生了力不从心的感觉。对我来说，他不仅是一位干劲十足的上司，更是一位热心体贴的好友。好吧，他这个人的确有些怪，但那只是因为他志向远大。在西斯金眼中，"幻世-3"或许只是一种商业投资。然而在富勒眼中，"幻世-3"是一扇迷人的、充满希望的大门，是一扇即将开启、能让人类进入一个更加美好的新世界的大门。

他与西斯金集团合作只是为了获得资金支持，是一种权宜之举。他一直坚持在利用该模拟器获取巨额利润的同时，也必须用它来全面探索社会交流和人际关系学中难以深入研究的领域，以便世人建立一个更加稳定有序的社会。

我悄悄向门口走去，余光瞥见西斯金摆脱了那些记者。他快步从房间一头走过来，伸手挡住了"开门"键。

"你该不会要离我们而去吧？"

从表面上看，他指的是我要离开派对回家去了。但他真的只是这个意思吗？我突然意识到，我是公司不可或缺的一环。噢，没有我，"反应股份有限公司"当然也能大获成功。但假如西斯金想从这笔投资中大捞特捞，他就必须留下我继续富勒未竟的工作，继续完善那部模拟器。

就在这时，门铃响了起来，门上的显示屏里亮起一名男子的图像。此人身材修长，西装革履，左臂上紧紧套着一条"注册舆情监测员"的袖标。

西斯金眉毛一扬,打趣道:"居然来了个缠人精!这下派对更热闹啦。"他按下了开门键。

门旋转而开,来者自报身份道:"约翰·克伦威尔,注册舆情监测员编号1146-A2。代表与州众议院筹款委员会签有合同的福斯特民意调查基金会。"

该男子往西斯金身后望了望,瞧见了聚在自助餐餐桌和吧台周围的来客,随即露出一种既不耐烦又略带歉意的表情。

"天哪,老兄!"西斯金不满地说,一边向我眨眼示意,"现在都快半夜了!"

"本次调查属于A类优先调查,由本州立法机构下令并授权执行。您是霍勒斯·P.西斯金先生?"

"没错。"西斯金双臂抱在胸前,神似多萝西·福特描绘的那样——一个短小精悍、惹人爱的小可爱。

"很好。"对方拿出一沓表格,并掏出了一支笔,"我想了解您对下个财政年度的经济走势有何看法,以及该走势对本州的财政收入将产生什么样的影响。"

"我不会回答任何问题。"西斯金斩钉截铁地说。

有些人知道好戏即将上演,在那儿驻足观望。他们充满期待的笑声盖过了人群交谈的嗡嗡声。

民调员眉头一蹙,"你必须回答。你是官方登记过的受询者,被归为'商人'这一范畴。"

要说他的反应有些呆板,还确实有点儿。因为通常来说,民调员在进行这种涉及公众利益的民意调查时总能应对自如。

"我还是不会回答,"西斯金重申道,"如果你参阅《舆情监测员法案》第326条——"

"我就会发现,民调工作不得妨碍公民的娱乐活动。"民调员背诵着那条法律条文，"但假如民调工作涉及政府机构的利益，该条款将不再适用。"

西斯金见拗不过他，只好付诸一笑。他拉住民调员的胳膊向屋内走去，"来来来，我们先去喝一杯。说不定待会儿我就会回答你的问题了。"

由于已经感应不到民调员的生物电容，房门终止了"放行"指令，开始缓缓关闭。但在合到一半的时候却停住了。又来了一位访客。

来者是个脸庞瘦削的秃头男子。他站在门口朝屋里张望，手掌不停地张合。他还没有看到我，因为我正站在门后通过显示屏看着他。

我倏然现身，把他吓了一大跳。

"林奇！"我叫道，"你上周都跑哪儿去啦？"

莫顿·林奇是"反应股份有限公司"的内部安全主管。最近这段时间，他一直在上夜班，与同样也喜欢晚上工作的富勒走得非常近。

"霍尔！"他双眼直盯盯地看着我，嗓音嘶哑，"我必须和你谈谈！天哪，我必须找个人谈谈！"

我让他进了屋。他以前也失踪过两次——每次都去地下脑电刺激室放纵一周，最后才形容枯槁地回来。这几天一直有传言，说他要么是因为富勒的死悲伤过度，所以待在家里闭门不出；要么他只是躲在了某个地下脑电刺激室里。噢，他可不是瘾君子。况且看他今天这状态，完全不像给脑皮层通过电的样子。

我带他来到了空无一人的屋顶花园，"是关于富勒的那场意外？"

"噢，天哪，没错！"他带着哭腔一屁股坐到了一把网格椅上，双手掩住面孔,"只不过那根本不是意外!"

"谁会杀他?怎么会——"

"没人杀他。"

"可是——"

南边传来了一阵雷鸣般的轰鸣,在下方这片铺展开的万家灯火形成的均匀对称的光毯之外,"月球火箭"正缓缓升空,给这座城市蒙上了一层绯红的光芒。

这声突如其来的巨响吓得林奇差点儿从椅子上跳起来。我抓住他的肩膀,把他稳稳地摁住,"坐这儿别动。我去给你拿杯酒。"

我带了一杯波旁威士忌回来,他一饮而尽,然后任凭空杯从手中滑落坠地。

"没人,"他继续说道,身子依旧颤抖不已,"没人杀富勒。这事儿和'杀'扯不上半点儿关系。"

"据说他不小心碰到了一根高压线。"我提醒他,"当时是深夜,他一定是累迷糊了。你当时也在场?"

"我不在。但事发前三小时我还跟他谈过一次话。我当时以为他疯了——听了他给我说的那些事后。他说他本来不想把我牵扯进去,但又必须找个人来说说。你那时候还在休假。然后——然后——"

"然后怎样?"

"然后他说,他觉得自己会被杀掉,因为他已经决定不再保守那个秘密。"

"不再保守什么秘密?"

林奇的情绪非常激动,没注意到我问的话,"他还说,要是他突然失踪或者死了,我会明白那肯定不是意外。"

11

"到底是什么秘密?"

"我不能告诉任何人——连你也不行。因为要是他说的是真的——哎,我上周一直在东躲西藏,就是想搞清楚接下来该怎么办。"

这时,屋顶花园的门打开了,派对上嘈杂的喧嚷声顿时一涌而出。

"噢,原来你在这儿呀,道格,亲爱的!"

我朝门口瞥了一眼,发现是多萝茜·福特。她摇摇晃晃地站在那儿,似乎喝高了。我之所以说"瞥了一眼",是因为我想强调,我的视线从莫顿·林奇身上离开了还不到十分之一秒。

而等再我回过头来时,椅子上的他已经不见了。

2

翌日中午之前,西斯金的宣传就已经取得了成效。据我所知,有两档晨间新闻都以"内部消息"的名号报道了仿真电子学的最新成果。而本市所有三家午报都在其头版刊登文章,介绍了"反应股份有限公司"及其"不可思议的"社会环境模拟器——"幻世-3"。

只有《晚报》提到了林奇失踪一事。斯坦·沃尔特斯在其专栏的结尾写道:

警方今天好像在关注一起"消失案",但也只是表面上在关注。这位消失的人名叫莫顿·林奇,是商界大佬霍勒斯·P.西斯金新成立的一家神奇公司——"反应股份有限公司"——的内部安全主管。不过我们可以放心,警方肯定不会为此事劳师动众。报案人声称,林奇就这么"凭空消失了"。此事就发生于昨晚西斯金在其顶层豪宅中举行的派对上。而人人都已经通过新闻报道知道,在这场盛大的派对上还发生过比这神奇得多的事情。

没错,就是我去警局报的案。不然我该怎么办?亲眼看到一个大活人就这么消失了,我总不能耸一耸肩,然后一笑了之吧?

桌上的内线电话响了起来,但我未予理会,而是透过窗户看着一辆飞行小货车缓缓向街道中央的着陆岛降落。距地面还有六英尺的时候,小货车悬停在了空中,然后倾斜着车身飞过行车道,停靠在了路肩。接着,十二名戴着"注册舆情监测员"袖标的男子从车里鱼贯而出。

他们在"反应"大楼前的人行道上一字排开,每人都举起了一块标语牌。标语牌上这样写着:

西斯金集团

将导致

大规模失业!

社会大动荡!

经济大萧条!

——舆情监测员协会

来了!仿真电子学最先进的产物将使那些民调员失业,他们马上产生了这样过激的反应。这也不是什么新鲜事。这个世界以前也经历过这种阵痛——在步入工业革命和自动化技术时代的时候。

内线电话的铃声依旧响个不停,于是我摁下接听键。接待员博伊金斯小姐的面孔出现在显示屏上,一脸的焦急和不耐烦。"西斯金先生来了!"

他的到来让我十分意外,我连忙让她请西斯金进来。

但是来访的不止他一人。我从屏幕上看到,博伊金斯小姐的身后还站着两人,分别是失踪人员调查组的麦克贝恩警督和凶杀重案组的法恩斯托克警监。他俩今早已经来过一次。

西斯金怒气冲冲地冲进我的办公室。他大步流星地向我走来,双手捏成了两个极小的拳头。

他俯身在我桌前,"你他妈在搞什么名堂,霍尔?林奇和富勒那些事是什么情况?"

我恭敬地站了起来,"我只不过是把事情经过如实告诉了警方。"

"那你就是干了件大蠢事,你把你自己和整个集团的脸都丢尽了!"

他绕过桌子向我走来,我只得把自己的椅子让给他。"可是,"我坚持道,"我说的都是事实。"

麦克贝恩耸了耸肩,"似乎只有你这么想。"

我眯起眼睛看着这位便衣警察,"此话怎讲?"

"我已经让手下的人询问了每一位参加过派对的人。昨晚根本没人见过林奇。"

西斯金坐到了椅子上,椅子的弧形扶手完全遮住了他那矮小的身躯。"这是当然了。好吧,我们会找到林奇的——只要我们挨个儿去搜查那些地下脑电刺激室。"

他转向麦克贝恩,"那家伙对脑电刺激有瘾。这已经不是他第一次出去找这种乐子了。"

麦克贝恩目光凌厉地盯着我,问的却是西斯金,"你确定只有林奇对那玩意儿有瘾?"

"霍尔不会的,"西斯金勉强地说,"否则我也不会让他进我的集团了。他昨晚恐怕有些喝多了。"

"我没喝多。"我否认道。

法恩斯托克走到我面前,"据说这个叫林奇的人声称富勒死于谋杀,我们凶杀重案组想具体了解一下。"

"他说得很清楚,富勒并非死于谋杀。"我提醒他道。

这位警监有些迟疑,"我想去看一下事故现场,还要和当时在场的人谈谈。"

"事故出在信号发生室。我当时休假,不在现场。"

"在哪儿休假?"

"山里的一所小木屋。"

"当时还有人和你在一块儿吗?"

"没有。"

"可以带我去看看那个信号发生室吗?"

"那儿归惠特尼管,"西斯金说,"他是霍尔先生的助手。"他在内线电话上摁下一个按钮。

屏幕瞬间亮起,闪过一两个鱼脊形图案后,一位矮壮的年轻男子出现在画面中。他的年龄和我差不多,一头黑色的鬈发。

"有何吩咐,西斯金先生?"查克·惠特尼惊讶地问。

"你到大厅去接一下麦克贝恩警督和法恩斯托克警监,他们十秒钟后便会下来。然后带他们去信号发生室看一看。"

两位警察走后,西斯金对我说道:"你他妈究竟在搞什么名堂,道格?你想让'反应'在起步前就折戟沉沙吗?下个月我们就要开始发布广告,接受商业研究的合同了。你搞的这些事完全是在拖我们的后腿!你为什么认为富勒的死不是意外?"

"我没有说他的死不是意外。"

他没有领会其中的区别,"好吧。那究竟谁会杀他?"

"那些不想看到'反应'成功的人。"

"比如谁?"

我朝窗户外猛地一指,"他们。"我并非真的在指控他们,我只是想说他们有谋杀富勒的可能。

他朝窗外看去,然后看到了——显然才看到——那群舆情监测员协会派来的示威者。他立马从椅子上跳了起来,还转了个圈,活像个跳舞的小精灵。

"他们在向我们示威,道格!果然不出我所料!这下我们将成为全社会关注的焦点了!"

"他们担心'反应'会让他们失业。"我说。

"好吧,我倒希望他们的担心是对的。民调员组织里失业的人越多,'反应'成功的机会就越大。"

他说了句"回头见"后,便匆匆离开了。

他刚走没多久,整间屋子就开始天旋地转。我一个趔趄撞上了桌子,费了好大劲才坐到椅子上。然后,我的头向前一栽,失去了意识。

片刻之后,我又醒了过来——虽然心有余悸,还有些不知所措,但至少我已经恢复了意识。

我随即意识到,我再也不能对自己的这种昏厥置之不理了。最近这段时间,这种现象发生得尤为频繁。看来即便在那所小屋休整了一个月,还是无济于事。

不过我会挺住的。我一定要看着"反应"顺利启航。

林奇确实在我眼前消失了,我对这一点坚信不疑。昨晚他来派对的时候可能确实没人注意,但他凭空消失这件事绝对不是我的幻觉。

以此为出发点的话,眼下就有三件密切相关的怪事:林奇就这么消失了；富勒也并非死于意外；据林奇所说，富勒之死和某个"秘密"有关，而林奇的消失，也和这个"秘密"密切相关。

但是，假如我想找出其中任何一件事的真相，就只能靠自己去调查。因为警方认为我报的这个案子过于荒谬，根本就没放在心上。

次日早上，我想到了唯一的一个能够验证这些假设的办法。该办法与我和富勒之间的一套交流方式有关。而林奇之前说的话也提醒了我。

我和汉农·富勒为了协调彼此的工作，会定期查阅对方的笔记。在做这类笔记时，我们会用红墨水标注一些内容，提醒对方注意。

据林奇所说，富勒告诉了他一个秘密。但富勒本来是想把这个秘密告诉我的——假如当时我没去休假的话。所以很有可能，富勒已经在笔记里用红墨水标注了与那个秘密相关的信息。

我按下内线电话的开关，"博伊金斯小姐，富勒博士的个人物品已经清理了吗？"

"还没有，先生。但很快就会清理了。木工和电工们正要上楼去他的办公室。"

我顿时想起他的办公室将被改造，另作他用。"叫他们先回去，明天再来。"

我来到富勒办公室的门前时，发现房门半开着。但我一点儿也不惊讶，因为我们一直在用他办公室外间的接待室存放仿真电子设备。可等我踏着厚厚的地毯，来到里间门口时，却吃惊地往后退了一步。

办公桌前坐着一名女子，正哗啦啦地翻阅一沓纸。从那些打开的抽屉和记事本旁堆放的物品可以看出，她已经在这间屋子里翻箱倒柜了一番。

我悄悄摸进屋,绕到她身后,然后蹑手蹑脚地向她靠近。

她很年轻,顶多二十出头,正一脸严肃地翻看着富勒的笔记。她面容姣好,朱唇大眼尤为醒目。二者争妍斗艳,为这张美丽的容颜增色不少。她的红唇虽然丰满动人,却只是淡抹,毫不艳俗。她头戴一顶纯粹用于装饰的奇怪帽子,一头乌黑的秀发披在肩头,与那对聚精会神的淡褐色的秋水灵眸彼此映衬,相得益彰。

我敛声屏息地站在她身后,她仍未察觉我的存在。她要么是某家被"反应股份有限公司"抢了风头的计算机型仿真电子研究机构派来的间谍,要么和富勒那个神秘的"秘密"有某种联系。

这女孩儿差不多把富勒的笔记都翻了一遍。我看着她把倒数第二张翻过来,放在那堆她已经查看过的笔记上。然后,我的目光落在了最后一张笔记上。

红墨水!但这张纸上没有文字,没有公式,也没有示意图。这只是一幅非常潦草、没有什么实际意义的素描。纸上画了一个战士——从其身穿的束腰长袍、手持的长剑和戴的头盔来看,应该是个希腊战士——和一只乌龟。除此之外便无他物。还有,这两个形象下面都画了许多很粗的红线。

这里我想说一下。每当富勒想让我注意他笔记里的某个重要内容时,都会根据其重要程度,在下面画一到几条横线。比如那次,当他终于完成了那条给模拟器里的虚拟人植入情感特征的转换方程式时,就在下面画了五条很粗的红线。他这么做是理所当然的,因为那条方程式是他构建整个社会环境模拟系统的根基。

可在这张笔记上,他至少在这个希腊战士和这只乌龟下面画了五十条红线——直到下面再无空白可划为止!

女孩儿终于发现了我,她蓦地站起身来。我担心她往门口冲去,于是一把抓住了她的手腕。

"你在这儿干什么?"我喝问道。

她眉头一蹙。但奇怪的是,她的脸上既看不出惊讶,也看不出害怕。相反,她神色威严,眼中还静静地燃烧着一股怒火。

"你把我弄疼了。"她冷冷地说。

看着她那对坚毅的眼睛和那只小巧挺拔的鼻子,我恍惚间产生了一种奇怪的熟悉感。我松了点儿力气,但没有松手。

"谢谢,霍尔先生。"她的怒意并未消减,"你就是霍尔先生吧?"

"没错。你为什么在这儿翻箱倒柜?"

"好吧,至少你不是我以前认识的那个道格拉斯·霍尔。"她不由分说地挣脱了我的手,"而我也没有翻箱倒柜。我是由你们的一位安保人员护送过来的。"

我朝后退了一步,震惊不已,"你该不会是——?"

她的面孔依旧冷若冰霜。那种冷峻的神色让我确信无疑。

看着眼前这个高傲的她——她还是像以前那么端庄,只是多了几分老成——我仿佛忽然透过时光迷雾,看到了八年前那个倔强的十五岁小姑娘——金克斯·富勒。我记得那时候她就已经是个直率任性的女孩儿了,即便戴着牙箍,身穿校服,扎着一头学院派麻花辫,也难掩精明干练的气质。

我还想起了几件往事:有一次富勒尴尬地向我解释,说他那不懂事的女儿,竟然对自己的道格"叔叔"动了"情";那年我二十五岁,风华正茂,即将获得理科硕士学位,富勒博士是我的导师。后来,富勒觉得自己当不好单亲爸爸,就把女儿送到了他姐姐那儿(他姐姐住在另一座城市),让她充当母亲的角色,代他抚养女儿,直到她完成学业。

她将我从回忆中拉回了现实,"我是琼·富勒。"

"金克斯!"我惊喜地叫道。

她的眼眶湿润了,冷峻的神色渐渐温和起来,"我还以为再也不会有人这么叫我了。"

我热切地握住她的手。接着,为了转移她的注意,我连忙对自己之前的粗鲁行为道歉,"我刚才没有认出你。"

"很明显你没有。至于我为什么会在这儿——因为他们叫我来收拾爸爸的东西。"

我让她坐回到椅子,自己则斜倚在桌边,"本来应该我来收拾的。但我没想到——我以为你已经离开这座城市了。"

"一个月前我才回来。"

"你一直住在富勒博士家吗,直到——?"

她点了点头,刻意把视线从她堆在桌面的那些东西上移开了。

这时候深究此事或许不大合适,但我不肯错失良机。

"关于你父亲——他前段时间看起来是不是心事重重?"

她猛地抬起头,"没有,我没觉得他有什么心事。为什么这样问呢?"

"只是一些——"为了不让她担心,我决定撒个谎,"我们当时正在研究一个重要问题。后来我离开了一段时间。我现在想知道他是否解决了那个问题。"

"和信号控制有关吗?"

我仔细端详着她,"没有。为什么问这个?"

"噢,我也不知道,随便问问。"

"但你这么问肯定是有原因的。"

她犹豫了一下,"好吧,他最近的情绪确实有些不稳定。他几乎一直都待在书房里。我在他的桌子上看到了和那方面相关的几本参考书。"

不知怎么回事,我总觉得她在隐瞒什么,"如果你不介意,我想找个时间去趟你家,查阅一下他的笔记。我或许能找到我想要的资料。"

这样说至少好过直接告诉她:我觉得她的父亲并非死于意外。

她拿出一个塑料袋,开始往里面装富勒的个人物品,"随时欢迎。"

"还有一件事。莫顿·林奇最近有没有去找过你父亲?"

她眉头一蹙,"谁?"

"莫顿·林奇——你仅有的另一个'叔叔'。"

她茫然地望着我,"我不认识什么莫顿·林奇。"

我默不作声,但心中大为不解。林奇过去一直在大学里工作——他是一名维修工。后来富勒博士离开教学岗位,和我一起去从事私人研究的时候,他加入了我们的团队。他和富勒父女俩一起生活了十多年。直到几年前他才搬走,住到了离"反应股份有限公司"大楼更近的地方。

"你不记得莫顿·林奇了?"昔日场景历历在目。那个中年人为她搭建过玩偶小屋,帮她修理过玩具,让她骑在肩膀上玩,而且每次都是好几个小时。

"从没听说过这人。"

我不再多问,而是开始仔细地翻阅桌上的那堆笔记。翻到那幅画着希腊战士的素描时,我顿了一下,但并没在意。

"金克斯,有什么我能帮你的吗?"

她露出了笑容,随之而来的还有她十五岁花季时拥有的那种热情和率真。我恍惚间感到了一丝失落:要是她晚点儿再对我"动情"该多好。

"我会没事的。"她保证道,"爸爸给我留了些遗产。我也打算去找工作——我有民意评估的学位。"

"你要去当注册舆情监测员?"

"噢,不。不是民意调查,是民意评估。"

真是造化弄人。她还不知道,她父亲的研究成果已经让她这四年来所学的专业成了明日黄花。

但现在谈这些不大合适,于是我说:"你会没事的,你还有'反应'的股份。"

"爸爸那百分之二十?还动不了。噢,股份确实属于我。但西斯金已经签订了一份合法的信托协议,现在那些股票和股息都归他管。我得等到三十岁才能拿回股份。"

这完全是敲诈。西斯金打的算盘显而易见。富勒一直坚持"反应股份有限公司"应该抽出一部分时间,用那部模拟器研究如何将人类文明从泥潭中拉出来。他并非孤军作战。每当他在董事会上为此事争取的时候,都有不少股东支持他。可是现在,西斯金掌握了富勒那百分之二十的投票权,他肯定不会把模拟器浪费在那些对他来说无利可图、不切实际的项目上。

她收拾好了塑料袋,"道格,很抱歉刚才对你那么凶。我当时正在气头上。因为我才读了一些关于昨晚那场派对的报道。我以为你在庆祝自己坐上了爸爸的位子。但我早该想到,事情不是那样。"

"当然不是你想的那样。噢,事情正在和富勒博士的意愿背道而驰。我才不在乎当什么技术主管呢。等他的模拟器投入运行后,我应该很快就会离开这个位子。但我至少得坚守岗位,直到完成他的工作。"

她嫣然一笑,用胳膊夹住塑料袋,指了指桌上那堆散乱的笔记。那幅用红墨水画就的素描露出了一角。我恍惚觉得,素描上那个希腊战士正用嘲弄的目光盯着我。

"你肯定想看看那些笔记。"她一边说,一边朝门口走去,"期待你来我家做客。"

等她走后,我赶忙回到桌前找那幅素描。可我却猛地缩回了手。

刚才盯着我看的那个希腊战士不见了。我把桌上那堆笔记快速翻了一遍。素描不见了。

我开始翻阅每一页笔记,起初心急火燎地找,后来又仔仔细细地找,找了一遍又一遍。抽屉里、记事本下面、地板上,能找的地方都找了。

但那幅素描的确不见了——仿佛根本就不存在一样。

3

好几天过去了,关于林奇、富勒和希腊战士的谜团我依旧毫无头绪。我并不是不放在心上,只是最近的工作压力太大。我必须尽快完成模拟器,将它的所有功能整合完毕。

西斯金一直在催。他想在三周之内向公众全面展示那部模拟器。可现实情况却是,为了让模拟器里的"初始"人口达到一万,还需要植入一千多个虚拟人的信息反馈回路。

我们模拟的这套社会系统必须是一个完整的"社会",必须给成千上万条主回路添加各种真实背景,其中包括交通工具、学校、住所、园艺社、宠物、政府机构、公司企业、公园以及任何大城市都必备的那些公共机构。当然,这些都是通过仿真电子技术完成的——在磁带上做印记,给主栅极加偏压,在存储磁鼓上做记号。

如此一来,我们就在这个虚拟世界里创造了一座不会被虚拟人怀疑的"普通"城市的电子数学模型。在好几英里长的供电线路、难以计数的传感器、精密电位器、晶体管、信号发生器和数据采集系统组成的这部模拟器里,存在着一个完整的社会。这个社会时刻准备着对输入其信号分配器的任何一个反应-探寻刺激元素做出回应。刚开始的时候,我曾觉得这种事简直是天方夜谭。

后来,我通过某条监测回路进入模拟器,看到了那个井然有序的虚拟城市,这才终于打消了疑虑。

忙了一整天后,我疲惫地坐在椅子里,把脚搁在桌子上休息,暂时把模拟器的事抛在脑后。

我随即想到了莫顿·林奇和汉农·J.富勒,想到了希腊战士和爬行的乌龟,还想到了金克斯。她似乎一夜之间长大了,从以前那个精灵般的青春少女变成了一位楚楚动人但又相当健忘的妙龄女子。

我倾身向前,在内线电话上按下一个开关。显示屏上立即出现一位头发花白、面色红润的男子。他的脸上写满了疲惫。

"埃弗里,"我说,"我得和你谈谈。"

"看在上帝的份上——现在不行,孩子。我已经累坏了。改天再说行吗?"

埃弗里·柯林斯沃思——名字后面还有个"博士"——有叫我"孩子"的权利。虽然我是他的上司,但我并不介意,因为以前上学时,我上过他教的"心理电子学"这门课。我很喜欢上他的课,而且从未缺席。由于这个渊源,他现在成了"反应股份有限公司"的心理咨询师。

"和工作的事完全无关。"我向他保证道。

他露出了笑容,"这样的话,我想我愿意为你效劳。但我有个条件:你得去'林皮'见我。忙了整整一天,我需要——"他压低了嗓门,"——抽支烟。"

"十五分钟后'林皮'见。"我同意道。

我不是一个违法成瘾①的人。我对宪法"第33条修正案"也并没有什么特别的看法。我觉得那些禁烟组织说的有一定道理。至少他们说的尼古丁有害国民健康和社会风气，还是以大量统计数据为依据的。

但我认为"第33条修正案"撑不了多久，因为它和一百多年前的宪法"第18条修正案"②一样不得民心，而且我觉得偶尔抽几支烟也没什么不可以，只要你小心一点儿，别当着那些"拯救我们的肺"巡逻队成员的面抽就行。

我和柯林斯沃思约的是十五分钟后在地下烟馆③见。但刚才我忘了把民调员的因素考虑在内。我说的不是大楼外的那些示威者。噢，我走出大楼的时候，他们确实朝我大声嚷嚷了，甚至还威胁了我几句。但西斯金已经动用他的关系，让警方派来了一支特遣队，在这里二十四小时不间断驻守。

真正耽搁我的是那群总是选在下班时间行动的民调员。这个时间段他们收获最丰，刚下班和刚逛完商场的人都是他们的猎物。

由于"林皮"距离"反应"大楼仅有几个街区，所以我选择搭乘低速传送带。而这让我成了那些民调员的猎物。

凑巧的是，我碰到的第一个民调员想知道我对"第33条修正案"的看法，以及我是否反对一种无烟、无尼古丁的香烟。

他刚走没多久，一位拿着小本子的老妇人又凑了上来。她问我对麦克沃特公司的月球旅行费用上涨有什么看法，虽然我

---

①在本书中，吸烟属于违法行为。这里的"瘾"有双关含义，既指霍尔不经常违法去抽烟，也指他没有烟瘾。
②指1920年美国政府颁布的宪法第18条修正案（禁酒修正案）。
③类似美国禁酒时期的非法地下酒馆。

告诉她我从没打算参加这种短途旅行,但她还是坚持要我回答。

等她问完后,我已经错过了"林皮",多乘了三个街区。我只好再往回乘了两个街区,回到第一座换乘站台。

在回去的路上,又有个民调员拦住了我。他不肯放我离开,坚决要行使"民意调查法"赋予他的权力。我只好不耐烦地告诉他,我不认为消费者会为袋装火星芋头买单。他甚至还逼我试吃了一个。

有些时候——显然包括现在——我真心希望仿真电子学快点儿发挥作用,把这些遍布街头的民调员一扫而光。

我迟到了十五分钟。看门人放我进门后,我穿过前面的古玩店,进入了"林皮"地下烟馆。

我慢慢让自己的眼睛适应屋内蓝烟氤氲的蒙眬光线。烟草燃烧发出的辛辣而又宜人的气味弥漫在空气中。墙上挂着壁毯,墙里内置的扬声器正放着一首经典老歌,《烟雾迷蒙你的双眼》。音乐轻柔地萦绕在屋里,感觉暖洋洋的。

在吧台边坐下后,我往每张桌子和卡座都扫了一眼。埃弗里·柯林斯沃思还没来。我的脑海中随即浮现出一幅既好笑又令人同情的画面:他一定正在想方设法摆脱某个民调员的纠缠。

林皮顺着吧台后的狭窄过道一瘸一拐地走了过来。他是位身材矮壮的小个子,脸上永远是一副心神不宁的表情。不时抽搐的眼睑令他的模样更显滑稽。

"喝酒还是抽烟?"他问。

"两样都来点儿。看到柯林斯沃思没有?"

"今儿没有。来点儿什么?"

"两盎司苏格兰小行星。两支烟,薄荷味儿的。"

先上的是烟。两支烟规整地放在一个透明的翻盖塑料盒里。我取出一支,在吧台上敲了一下,然后放到嘴边。马上便有个服务生把一个已经点燃、造型华丽的打火机递到我面前。

火辣辣的烟气穿喉而过,但我尽力忍住了咳嗽的冲动。又吸了一两口后,我终于撑过了最难受的阶段。这个阶段通常会让一个平时不怎么抽烟的人现出原形。随后,我感到了一阵让人意荡神驰的眩晕。烟气冲击着我的鼻孔和上颚,虽然有些刺激,但依然让人心满意足。

过了一会儿,沁人心脾的威士忌延续了我的快感。我一边满足地呷着酒,一边环顾四周。烟馆里几乎已经坐满了人。人们在昏暗的灯光下低语交谈,给那首老歌蒙上了一层嗡嗡声。

又一首老歌——《黑暗中的两支烟》——从扬声器里飘然而出。我在不知不觉中出了神:不知道金克斯怎么看待"第33条修正案";倘若和她悠然共处于某个屋顶花园,看着烟头发出的深红色光芒照在她那柔滑细嫩的脸蛋上,不知会是怎样的感觉。

我告诉了自己无数次,她应该和富勒那幅素描的消失没有关系。我又仔细回想了一下当时的情形:我送她去门口的时候,那幅素描明明还在桌上;可等我回到桌前时,素描却没了踪影。

但假如此事与她无关,她为什么说自己不认识莫顿·林奇呢?

我将杯中剩下的苏格兰威士忌一饮而尽,又点了一杯,然后抽了一会儿烟。假如根本没有莫顿·林奇这个人,所有问题就都迎刃而解了!富勒的神秘之死将不再存疑,金克斯说她不认识林奇也说得通了。可即便如此,也无法解释那幅素描为什么会消失。

有人坐到了我身旁的吧凳上,一只大手轻轻拍拍我的肩膀,

"该死的缠人精!"

我抬头看着埃弗里·柯林斯沃思,"把你也缠上了?"

"遇到了四个。其中有个家伙在帮美国医学会做个人卫生习惯调查。真是烦死人了。"

林皮把柯林斯沃思的烟斗——里面已经填满了本店特制的混合烟丝——和他点的一杯纯威士忌拿了过来。

"埃弗里,"他点烟的时候,我语气沉重地问道,"我想让你猜个画谜。有这样一幅画:上面画了一个手执长矛的希腊战士,他面朝右方,正在向前迈步;他前方有一只乌龟,也在朝同一个方向爬行。问题一:这幅画让你想到了什么?问题二:你最近见过类似的东西吗?"

"没见过。我——喂,你找我就为这事儿?要不是来这儿见你,我都在家洗上热水澡了。"

"富勒博士给我留下了这样一幅画。我们先假设这幅画很重要吧,可我实在搞不懂这画想表达什么。"

"要我说,有些古怪。"

"嗯,是挺古怪。你能猜出其中的含义吗?"

他思索的同时,若有所思地吸了一口烟,"有可能。"

他说了一半又不说了,我连忙问道:"嗯,可能是什么?"

"芝诺①。"

"芝诺?"

"芝诺悖论。阿喀琉斯和乌龟。"

"没错!"我打了个响指。阿喀琉斯在乌龟后面追赶,却永远也追不上,因为每当他把他们之间的距离缩短一半,乌龟也会相应地朝前爬行一段距离。

---

①古希腊哲学家。

"你觉得这条悖论与我们的工作有什么关系吗?"我激动地问。

他想了一会儿,最后耸了耸肩,"一时半会儿想不出来。我的工作只是负责模拟器里的心理分析程序。至于其他方面的工作,我恐怕没有发言权。"

"据我所知,这条悖论的结论是:一切运动皆为假象。"

"差不多。"

"可在我看来,这没有什么实际意义呀。"芝诺悖论明显不是富勒那幅素描想表达的意思。

我去拿酒杯,但柯林斯沃思却伸手拦住了我,"如果我是你,我肯定不会去在意富勒最近几周的所作所为。你也知道,那段时间他的行为相当古怪。"

"或许他有自己的理由。"

"任何理由都不能解释他那些古怪行为。"

"比如说?"

他努了努嘴,"在他死的头两天晚上,我和他下了一次棋。他那晚一直在喝酒。但奇怪的是,他居然一点儿都没醉。"

"他有心事?"

"我也不知道,我只注意到了一点,他当时的精神状况完全不正常。他一直在跟我扯哲学方面的事。"

"你是说人际关系学吧?"

"噢,不——不是那方面。可是——好吧,坦白讲,他觉得自己在'反应'工作了这么久,终于有了收获,他称这个收获为'重大发现'。"

"什么发现?"

"他不肯说。"

这样一来就证实了一件事。林奇之前也提到过富勒有一个"秘密",而富勒本来打算把这个"秘密"告诉我。现在我可以十分确定,林奇的确来过西斯金的派对,而我们也确实在那个屋顶花园里谈过话。

我点燃了第二支烟。

"你为什么这么关心这些事,道格?"

"因为我觉得富勒并非死于意外。"

他顿了一下,随后严肃地说:"听着,孩子。我知道西斯金和富勒向来意见不合——在社会学研究的时间分配以及相关的一些问题上。可说真的,你该不会认为西斯金会如此胆大妄为,把富勒就这么——"

"我可没这么说。"

"你的确没说,而且你最好提都别提——永远别提。西斯金不仅有权有势,而且非常记仇。"

我把空杯子放回吧台,"可话又说回来,富勒即使蒙着眼睛,也能在那堆纵横交错的信号发生器之间来去自如。他压根儿不可能碰到高压线。"

"如果你说的是以前那个正常的、不那么古怪的富勒,那他确实不可能碰到。但如果是事发前几周我见到的那个富勒,那就不一定了。"

柯林斯沃思终于有空喝他的纯威士忌了。一杯酒下肚后,他咚的一声把酒杯放到了吧台上,然后又点燃了烟斗。烟斗发出的红光映在他的脸上,令他的神情少了几分严肃。"我想我能猜到富勒那个'重大发现'是什么。"

我心中一紧,"你能猜到?"

"没错。我敢说,这和他对自己模拟器里那些虚拟人的看法有很大关系。不知道你记不记得,他经常称他们为'真正的人'。"

"但他只是开玩笑。"

"是吗?我记得他的原话是:'该死!我们绝不能在这部模拟器里设置民调员!'"

我向他解释道:"他之所以这样说,是因为在我们的模拟器里,我们根本用不着民调员去追着人提问。他开发出了另一套与此不同的系统:往模拟器里输入视听刺激元素,比如在广告牌、传单和电视节目上动手脚。然后我们可以通过查看虚拟人的共感监测回路来搜集他们的民意。"

"为什么不在富勒的虚拟世界里设置民调员呢?"他问。

"因为从实际情况来看,没有他们,效率反而更高。与其让虚拟人不胜其烦地回答民调员的提问,还不如利用视听刺激元素,这样搜集来的信息更能反映真实的民意。"

"理论上说没错。但你不也无数次听富勒这样说过吗:'我绝不会让我的小家伙们被那些该死的缠人精骚扰'?"

他说的有一定道理。现在连我也开始怀疑,富勒会不会真的把自己模拟器里的那些虚拟人当成真正的人了。

柯林斯沃思摊开双手,微微一笑,"我认为富勒所谓的'根本发现',是说他的那些虚拟人不仅是一部仿真电子模拟器里的无数条精密回路,而是有血有肉、有思想的人。他肯定认为,那些虚拟人都是真实存在的。或许在他看来,虽然那些虚拟人身处一个虚拟世界,但他们的人生经历都是真实的,他们生活的世界也是美好、稳固而真实的。"

"你该不会相信这些——"

他露出被逗乐的眼神,打火机发出的火光在他眼中摇曳。

"孩子,我可是纯粹的行为主义心理学家①。我信奉的人生哲学与其密不可分,而你、富勒以及其他所有的仿真电子学家都是些怪人。当你们开始把心理学和电子学融合在一起,并往其中加入大量条件、概率的元素之时,你们就注定会因为这个大杂烩而萌生出一些相当奇怪的念头。你们把人塞进了一部机器里,自然而然会开始思索机器和人的本质。"

这场讨论越来越离谱了。我试着把话题引回来,"我不认同你的猜测。因为我觉得富勒的'重大发现'应该就是林奇想告诉我的那件事。"

"林奇?林奇是谁?"

我身子往后一倾,随即露出了微笑。他肯定无意中听到了金克斯·富勒说她不认识林奇的那番话。现在连他也来和我开这个玩笑了。

"说正经的,"我继续道,"林奇之前告诉我,说富勒有个'秘密'。要不是信了他的话,我也不会去找警察了。"

"林奇?警察?你到底在说什么啊?"

我开始怀疑他可能是认真的了,"埃弗里,我现在没心情开玩笑。我说的是莫顿·林奇!"

他固执地摇了摇头,"没听说过这人。"

"林奇!"我几乎吼了起来,"'反应股份有限公司'的安保主管!"我指向放在吧台后面的一座青铜奖杯,"就是那个林奇!去年在弩炮锦标赛击败你而将名字留在那座奖杯上的林奇!"

柯林斯沃思朝吧台对面招了下手,示意林皮过来,"你能告诉霍尔先生,过去这五年是谁在他的公司担任内部安保主管吗?"

林皮甩手朝吧台尽头的那张吧凳指了指,那儿坐着一个面

---

①行为主义心理学美国现代心理学的主要流派之一。

色铁青的中年男子。

"乔·加兹登。"

"现在,林皮,请把那座奖杯递给霍尔先生。"我发现奖杯上刻着这样一行字:埃弗里·柯林斯沃思——2033年6月。

整个房间突然开始大幅度倾斜,并飞速旋转起来。刺鼻的烟味愈发浓烈,如一团浓雾将我团团包围。音乐渐渐消失,我能记住的最后一件事,就是伸手去抓吧台以免跌倒。

不过我肯定没有彻底昏厥。因为随后我便在低速传送带旁的静态步行带上和某人碰了个满怀,我被撞到了一栋建筑的墙上——这里距离那间地下烟馆有好几个街区之远。

我的眩晕症又发作了——但很明显,这次我没有失去意识。柯林斯沃思可能甚至没察觉到我有什么不对劲。我站在这儿,突然又神志清醒了。我六神无主,瑟瑟发抖,两眼直勾勾地望着夜幕初降的苍穹。

我的心中充满了无助之感。我想到了林奇,想到了刻着他名字的那座奖杯,想到了富勒的那幅画。他们真的都消失了吗?或许这一切只是我的幻觉?为什么突然之间,我周围发生的事都变得如此违背常理了呢?

我疑团满腹地穿过传送带换乘站台,朝街对面走去。这时的行车道上已经没什么车了,中央着陆岛上空也没有飞行车降落。可等我走到离着陆岛不到二十英尺的时候,情况突然发生了变化。

一辆警笛尖鸣的飞行车从昏暗的暮色中冲了出来。这辆剧烈摆动、显然已经失控的飞行车完全偏离了降落导向光束,直直地向我飞来。

我纵身向高速传送带扑去，随即便被飞速运行的传送带抛了回来，差点儿又落在那辆急速坠落的飞行车之下。但我及时止住了翻滚，坐起身来，回头看去。

飞行车自动喷出一道应急冲击气流，减缓了速度，最后在离路面不到一英尺的地方停了下来。

要不是闪避及时，恐怕我现在已经血肉模糊地躺在内侧的行车道上了。

4

夜里我一直在做噩梦。在梦里,不管我抓住什么东西,那东西立刻就会变得粉碎。直到清晨,我才勉强能够安睡。结果我睡过了头,早餐也来不及吃了。

在驾车驶向市中心的途中,为了避开拥堵路段,我绕了一段路,又耽搁了不少时间。我的思绪还停留在昨晚那场差点儿发生的事故上。那只是普通的意外吗?还是有人蓄意为之?

我耸了耸肩,打消了心中的疑虑。不可能有人害我。话又说回来,富勒博士也不可能是遭人谋害的。还有林奇消失一事。这背后是不是也有什么难以捉摸的原因呢?为什么林奇的三个旧相识现在都好像不认识他了呢?

所有这些不可思议的怪事是否都源于富勒告诉林奇的那个秘密——那个使他们先后遭遇不幸的秘密?

我努力从理性的角度去分析这些事,却一头雾水。那座奖杯上篡改后的铭文不断在眼前浮现,让我根本没法集中注意力。我仿佛还看到了那幅已经不复存在的、用红墨水画就的素描,以及那个得意忘形地坐在地下烟馆的吧凳上、长得像鼬鼠一样的小个子——那个被林皮称为"反应股份有限公司"安保主管的小个子。

这一切简直太超自然了。我一直尽量不往这方面想。但除此之外，还有其他解释吗？

不管怎样，至少有一件事情可以确定：富勒和林奇，都与那个"秘密"或者"重大发现"有关——你想怎么称呼它都可以。假如我也知道了那些信息，抑或继续关注此事，我会有什么样的遭遇？昨天那起意外，会不会就是对我的一种警告？

我驾车降落在"反应"的停车场上，把车停进了指定车位。一关闭引擎，我就听见了大楼前的喧嚣声。

转过拐角时，我俯身躲过了一根掷向一楼窗户的钢管。大楼的防护罩挡住了钢管，在一串四溅的火星中，钢管的碎片落在了地上。

示威的民调员人数增加到了之前的三倍，但他们依旧秩序井然。真正的麻烦来自那群正与防暴警察对峙的充满敌意的民众。

在街道尽头的换乘站台上，一个面红耳赤的男子正举着扩音器咆哮："打倒'反应'！我们已经有三十年没遭受过经济危机了！用机器进行民意调查会导致经济全面崩溃！"

防暴警察队长向我走来，"你是道格拉斯·霍尔？"

我点了点头，他继续道："我来护送你过去。"

他按下便携防护罩的开关，一道防护罩在我俩四周形成，我的全身顿时感到了一阵轻微的刺痛。

"你们好像没打算驱散他们。"我一边抱怨，一边跟着他向公司入口走去。

"你们的安全有充分的保障。没办法，要是不让他们发泄一下，他们的火气会更大。"

进入大楼后,我发现一切和往常没什么两样。民调员的支持者正在不到一百英尺外的地方生事,这里却看不出一点儿迹象。不过等我看到大厅内显示的今日重要工作的数目后,我便明白大家为什么对外面的事如此漠不关心了。

我径直向人事部走去。我在档案柜的"L"这一栏下查找了一番,没有发现莫顿·林奇的文件夹。

而在"G"这一栏,我找到了一份写着"约瑟夫·M.加兹登①——内部安保主管"的文件。他递交求职申请的日期是2029年9月11日——五年前。文件还显示,两周之后他就被任命为内部安保主管。

"有什么问题吗,霍尔先生?"

我转过身来,看着档案管理员,"这些文件都是最新的吗?"

"是的,先生。"她自豪地说,"我每周都会更新一遍。"

"我们这里有没有收到过对乔·加兹登的投诉?"

"噢,没有,先生。只有对他的工作能力表示肯定的言论。他跟大伙儿的关系都很好。我说得对吗,加兹登先生?"她朝我身后露出一个甜甜的笑容。

我转过身来。那个一脸鼬鼠相的人此刻正站在那儿。

他咧嘴一笑,"有人对我有意见吗,道格?"

我一时有些语塞。终于,我勉强挤出了一句"没有"。

"那就好。"他答道,显然并没把此事放在心上,"对了,海伦说感谢你从湖边寄来那么多鳟鱼。要是你周五晚上没什么事的话,来和我们一起吃晚饭吧。小乔②还想听你给他讲仿真电子学

---

①即乔·加兹登,"乔"为"约瑟夫"的简称。
②即小乔·加兹登,加兹登的儿子。

呢。上次你给他讲了以后,他已经对这门学科着了迷。"

乔·加兹登、海伦、小乔——这些陌生的名字在我耳中空洞地回响。对我来说,这些名字就像属于半个银河系之外的某个未知星球上的居民一样。他还提到了鳟鱼——我在湖边住的那一个月,连一条鱼都没钓过啊!至少在我的印象里一条都没钓过。

我忽然计上心来。我冲出门外,撇下面面相觑的加兹登和档案管理员,朝走廊尽头的信号发生室奔去。查克·惠特尼的办公室就在那儿。我发现他正埋头在主数据集成器旁工作。我拍了拍他的肩膀,他这才停下了手头的活儿。

"查克,我——"

"嗯,道格——怎么了?"他面露微笑。见我十分犹豫,他那晒黑的脸庞上又露出了不解的表情。他朝后捋了捋黑色鬈发。他的头发压得很平整,让我想起了上一代人流行的那种平顶头。然后,他关切地问我:"遇到麻烦了?"

"是关于——莫顿·林奇的事。"我勉强说道,"听说过他吗?"

"谁?"

"莫顿,"我重复道,忽然有些心灰意冷,"林奇,我们公司的安保——噢,算了。没什么。"

过了一会儿,当我来到自己办公室外面的时候,接待员愉快地向我打了声招呼:"早安,霍尔先生。"

等我看她第二眼的时候我才反应过来,我随即大吃一惊。博伊金斯小姐不见了。她的位子上坐着金发碧眼、活泼可爱的多萝西·福特。她正含羞带媚地看着我。"意外吗?"她柔声问道。

"博伊金斯小姐去哪儿了?"

"西斯金先生把她召过去了。她现在已经跻身西斯金集团的核心圈了——我们可以想见,她此刻一定非常满意自己能在那位'小巨人'身边工作。"

"这次人事调整是永久性的吗?"

她将一缕发丝撩回耳后。我总觉得,和那天在派对见面时相比,她今天好像表现得没那么愚蠢了。她低头看着自己的手,用挑逗的语气说道:"噢,我想你肯定不会介意的,对吗,道格?"

我介意。我一边朝办公室里走去,一边无精打采地回了句"我会适应的",以此表达我的介意之情。西斯金把我当成了他的棋子,我对此很是不爽。显而易见,他打算按照他的方式来利用那部模拟器。不用说,等我向他提出抽一部分时间用那部模拟器进行社会学研究的时候,他会断然拒绝的——正如他一直在这个问题上对富勒坚决说"不"一样。

不过,他肯定会想个办法来安抚我,并且——显而易见——为我提供某种消遣。说实话,博伊金斯小姐虽然办事效率高,为人和气,但不算漂亮。而多萝西·福特的长相恰恰相反。她是个多面手,可以胜任多种任务——其中最重要的一项,无疑就是替西斯金"监视"我。

但我并没有一直琢磨这事儿,林奇的消失之谜像磁铁一样把我的思绪又吸了回去。

我在视频电话上操作了一番,数秒钟后,麦克贝恩警督出现在了显示屏上。

向他表明身份后,我说:"是这样的,关于我报的莫顿·林奇的那个案子——"

"你在哪个部门报的案?"

"当然是失踪人员调查组啊。我——"

"什么时候报的案?关于什么的?"

我使劲咽了一下口水。不过他的反应也在我的意料之中。"莫顿·林奇,"我吞吞吐吐地说,"在西斯金的派对上。他消失了。你上次来过'反应',而且——"

"很抱歉,霍尔先生,你肯定把我和另外某个警官混淆了。我们失踪人员调查组没有你报案的记录。"

几分钟过去了,我依然盯着空白的屏幕。

终于,我倾身向前,打开桌子最上面那层抽屉。我留着的那份《晚报》还在里边搁着。我连忙翻到娱乐版,找到了斯坦·沃尔特斯的专栏,然后开始读最后一篇文章。

是一篇讽刺社区剧团最新作品的评论文。

对莫顿·林奇和西斯金在其顶层豪宅举办的那场派对只字未提。

内线电话的铃声响得声嘶力竭。我按下开关,看都没看屏幕一眼,"什么事,福特小姐?"

"西斯金先生来找您了。"

这次他也不是一个人来的,他还带来了一位衣冠楚楚的家伙。和此人相比,多萝西那位"短小精悍的小可爱"显得更加矮小了。

"道格,"西斯金兴奋地说,"我想让你见一个不在这儿的人!懂我的意思吗?他从没来过这儿。等我们离开以后,对你来说他好像根本不存在一样。"

我从椅子上一跃而起,差点儿把椅子撞翻。因为我发现他说的内容和林奇的遭遇是如此相似。

"道格拉斯·霍尔,韦恩·哈特森。"他隆重地介绍道。

我伸出一只颤抖的手,对方立刻紧紧地握了握。

"今后我将和霍尔共事吗?"哈特森问道。

"只要我们解决了所有分歧。只要道格明白,我们现在做的事才是最正确的事。"

哈特森眉头一皱,"我还以为你已经把内部问题都搞定了。"

"噢,当然都搞定了!"西斯金向他保证道。

现在我明白是怎么回事了。韦恩·哈特森是这个国家最有权势的政客之一。

"要是没有哈特森,"西斯金非常小声地继续道,"这个政府根本没法运转。当然了,他一直都在幕后运筹帷幄。从表面上看,他只是负责党①和政府之间的联络工作。"

多萝西的信号切了进来,她的头像出现在内线电话的显示屏上。"编号为3471-C的注册舆情监测员找霍尔先生。"

西斯金的眼中燃起了一股怒火,他立刻冲到电话前,"告诉那个——"

但画面中的人已经换成了那位民调员,"我正在调查男性更喜欢哪种圣诞礼物。"他说。

"也就是说,"西斯金咆哮道,"这不是一次优先调查喽?"

"不是,先生。可——"

"霍尔先生拒绝回答。拿上这次的通话记录去提请处罚吧。"

西斯金啪的一下挂掉了电话。画面消失的那一瞬,那人已经露出了笑容。民调员其实根本不介意人们拒绝回答问题,因为他们可以从罚金中分一杯羹。

"说到哈特森先生,"西斯金继续道,"我刚才正在强调,要是没有他,这个政府将举步维艰。"

---

①在本书中,美国实行的仍然是两党制,但作者并未指出其名。

"我听说过哈特森先生。"我说,我已经知道他们要说什么了。

哈特森拉过来一张椅子,跨坐上去,摆出了一副耐心的样子。

西斯金踱起了步子,不时看我一眼,"之前我俩已经详谈过这件事了,道格。我知道,你并不怎么认同我的方式。可是老天啊,孩子,'反应'有机会成为这个国家最有权势的企业!等我们回本以后,我会再为你造一部模拟器,你可以专门用它来做你自己的研究。

"道格,一党制即将成为现实。这不是我们能阻止的。我也不太确定这对我们国家来说究竟是好还是坏。但重点是——在这个过渡时期,'反应'可以赢在起跑线上!"

哈特森直言不讳地说:"两到三年内我们就能成功,通过全面瓦解敌党,挖他们的墙脚——只要我们打好手中的牌就行。"

西斯金斜倚在办公桌上,"你知道在每一次全国选举和地方选举时,在每一个竞选议题上,我们都会打哪张牌吗?没错,就是我为你造的那部模拟器!"

我感到了一丝恶心,"你会得到哪些好处呢?"

"我们会得到哪些好处?"他又开始用力踱起步来,圆睁的眼睛里充满了焦虑,"我来告诉你吧,孩子。我们将进入一个崭新的时代,现存的这套一问一答的民意调查体系将作为一种公害被法律彻底废除。"

哈特森为了引起我的注意,咳嗽了一声,"'反应股份有限公司'将在这场秘密行动中获益匪浅。因为等现存的民意调查体系被废除后,社会对民意调查的需求仍将和过去一样广泛。"他故作担忧地摇了摇头,"除非我们通过立法赋予'反应'联邦特许经营权,否则社会的这一需求将难以得到满足。"

"你还不明白吗,道格?"西斯金紧紧地抓住桌子,"每座城市都将有一部'西斯金-霍尔'模拟器!我们的世界将焕然一新!等一切基础工作就绪后,你将领导一个由仿真电子学家组成的科研团队,去研究如何照亮这个世界,如何让这个世界充满公平、正义和仁爱!"

或许我该告诉他,让他去另找一位仿真电子学家。可这样做有什么用呢?假如一切如富勒所料,西斯金和党正在酝酿一场惊天大阴谋,我的退出就能左右全局吗?

"你想让我怎么做?"我问道。

西斯金咧嘴一笑,"继续当好你的技术主管。做好接几个商业项目的准备。这样我们可以测试一下这部模拟器的潜力。同时你还得考虑如何彻底改编它的程序,把它变成一部用于政治预测的模拟器。"

多萝西出现在内线电话的显示屏上,"霍尔先生,惠特尼先生正在往模拟器里输入新一批虚拟人。他希望您能下去一趟。"

去信号发生室的途中,我在走廊里遇见了埃弗里·柯林斯沃思。

"我刚刚帮惠特尼检查了那四十七个新的虚拟人的心理素质,全都没问题。"他说道,"这里有一份简要报告,你看一看吧。"

我挡住他递过来的笔记板,"不必了。我一直都相信你的判断。"

"你知道,我可能会判断失误。"他笑道。

"你不会的。"

他有些迟疑。我盘算着该如何脱身,同时不让他觉得我在对昨天发生在地下烟馆的事感到不安。

他碰了下我的手臂,"你现在感觉好些了吗?"

"好多了。"我强作笑颜,"关于昨晚在'林皮'的事——我想可能是等你的时候喝多了。"

他如释重负地咧嘴笑了笑,继续朝楼下的大厅走去。

快到信号发生室的时候,我猛然止步,瘫软地靠在墙上。眩晕症又发作了——怒海狂涛在我的耳中咆哮,太阳穴随着脉搏怦怦直跳。但我竭力扛住了这次发作,没有失去意识。终于,墙壁停止了旋转,我不安地站在原地。缓了一会儿后,我来回扫视走廊,看是否有人发现了我的异样,然后继续往信号发生室走去。

查克·惠特尼从一间维修凹室走了出来。"所有四十七个虚拟人都成功输入模拟器啦!"他兴高采烈地说。

"没有排斥反应?"

"一个都没有。目前模拟器里的人口是:九千一百三十六人。"

我们搭乘电梯来到二楼的某个虚拟人"监护室"。我向最近的那排存储控制台走去,新输入的那批虚拟人就在第一台里面。我驻足审视,心中暗自称奇。

听着每一台存储控制台里的存储磁鼓发出的嗡嗡低鸣声、接触式继电器发出的咔嗒咔嗒声以及伺服系统有节奏的运转声,我十分确定:里面的虚拟人一定活力四射、秩序井然,他们的认知回路一定正在稳定地接收着刺激信号。

我观察着两块控制面板,上面无数代表运转正常的小灯正在闪烁。对应的灯组一闪一灭,配合得天衣无缝。我的脑海里浮现出两个虚拟人正在接触的画面。说不定是一对年轻男女,正手挽着手站在一条传送带上。他们甚至可能正基于我们为其提供的现实,做着自己的人生选择。

现在我终于明白,富勒为什么会那样动容地把模拟器里的虚拟人称作"我的小家伙们"了。

这时,查克打断了我的思绪,"要是你想来一次抽样检查,"他提议道,"我可以用直连共感回路或者个人监测回路把你接入模拟器。"

但墙上的喇叭突然传来了多萝西·福特的声音:"霍尔先生,有位名叫法恩斯托克的警监正在信号发生室等您。"

我们乘坐电梯来到楼下,法恩斯托克一边亮出他的证件,一边向我们走来。

"霍尔?"他盯着惠特尼问。

"不是,"查克更正道,"我是惠特尼。他是霍尔。"

他居然没有认出我。我紧张了一下,但这种紧张感转瞬即逝。毕竟就在一小时前,麦克贝恩警督不也是装作从没见过我吗?

查克离开后,这位警监说道:"我想就富勒的死问你几个问题。"

"为什么问我?"我不解地扬起眉毛,"验尸官不是说他死于意外吗?"

这位肥头大耳、面无表情的警监把脸一垮,露出一副屈尊就卑的神情,"我们觉得没这么简单。实话告诉你吧,霍尔先生,富勒可能并非死于意外。我知道,事发时你正在休假。"

我心中一凛。但不是因为警方对富勒的死因起了疑心,也不是因为警方怀疑我有嫌疑,而是因为我突然发现,某些散乱的线索似乎在不经意间联系在了一块儿。

富勒死了,林奇消失了,而且大伙儿都不认识他了。这些都和我正在调查的某个"秘密"有关。在调查过程中,我还差点儿遇害。而现在——警方忽然对富勒的死因又重新展开了调查。这是为了不让我再干涉此事而采取的某种手段吗?他们会怎么做呢?谁又是幕后主使?

"怎么说?"法恩斯托克问。

"我已经告诉过你,我当时在湖边的一所小木屋里。"

"你说你已经告诉过我是什么意思?"

我咽了一下口水,"没什么。我当时在我的小木屋里。"

"有人和你在一起吗?"

"没有。"

"也就是说你根本无法证明,富勒死的时候你是身在其他地方,还是在你的小木屋。"

"我为什么要证明?富勒是我最好的朋友。"

他露出一副假惺惺的笑容,"对你来说,他就像父亲一样?"

他朝四周看了看,仿佛在看整栋大楼,而不只是这间信号发生室,"你现在混得很好,不是吗?当上了技术主管。有机会从这家21世纪最炙手可热的企业里分一杯羹。"

我从容不迫地说:"距小木屋半英里处,有一个物资补给站。我基本上每天都会去那儿买一些需要的物资。账单上有我的专属生物电容记录,上面记录了我多久一次以及什么时候去买过东西。"

"我们会查的。"他半信半疑地说,"在此期间,别到我们找不到你的地方去。"

5

又过了好几天,我仍然没有时间进入"幻世-3"做一次抽样检查。除了工作缠身以外,我还得应付西斯金的催促,写几个关于如何将"幻世-3"改造成政治预测型模拟器的初步计划。

与此同时,对于警方为什么会重新调查富勒的死因,我只能胡乱揣测。这只是警方的一次普通调查吗?还是说这是西斯金在敲山震虎,警告我假如不乖乖听他和党的话会有什么后果?

有一次和西斯金进行视频通话时,我提到了法恩斯托克警监来找过我这件事。当我告诉他警方突然又开始调查富勒之死的时候,他并不怎么吃惊,我觉得这印证了我的猜测。

他当时说:"要是他们开始对你进行严密监视,给我说一声。"显然,他在用一种巧妙的方式暗示我:只要我一直听他的话,我就不会有事。

但我马上决定用另一件事来测试他。"你也不能怪警方过分追究此事。"我小心翼翼地说,"毕竟林奇一直在暗示,说富勒并非死于意外。"

"林奇?林奇?"

"莫顿·林奇,在你派对上失踪的那人。"我鼓起勇气进一步说道,只不过措辞有些含糊。

"林奇?失踪?你到底在说什么啊,孩子?"

他的反应不像是装的。也就是说,要么在他屋顶花园里消失的那个人已经从西斯金和其他人(除了我)的记忆里完全消失了,要么他是个一流的演员。

"没什么,"我连忙撒谎道,"他不过是个一直开玩笑说我抢了富勒工作的家伙。"

当我终于有时间进入模拟器进行抽样检查时,我惊讶地发现自己竟然比预期的还要期待。

惠特尼陪我进入"窥测"室,带我来到最近的一张躺椅沙发旁。"你想用哪种方式来观测?"他咧嘴笑着问道,"监测回路?"

"不了。直接进行共感连接。"

"指定某个虚拟人吗?"

"你帮我选一个。"

显然他已经选好了,"'D.汤普森'——虚拟人-7412怎么样?"

"合适就行。他的职业?"

"小货车司机。我们选他送货的时候进行连接。可以吗?"

"就这么办。"

他把传输头盔戴在我的头上,然后打趣道:"要是给我添麻烦,我就给你来股冲击电压。"

我并没有笑。因为富勒已经从理论上阐明,假如调制器的电压陡然增强,电压便会反弹回来,造成倒易传输。在一阵迅猛的交换下,观测者的意识会暂时留在虚拟人的存储器里,而虚拟人的意识则会进入观测者的大脑。

虽然稍后可以通过倒易传输将二者的意识复位,但假如那个虚拟人的"真身"在此期间出个什么意外,那从理论上来讲,这位意识还困在虚拟世界里的观测者就玩儿完了。

我躺靠在皮质沙发垫上,看着惠特尼走到对面的传输控制面板前。他最后调试了几下,然后把手伸向了启动开关。

我所有的感官突然开始剧烈扭曲起来——一道五颜六色的光芒向我射来,尖啸声此起彼伏,我的味觉、嗅觉和触觉遭受着前所未有的猛烈冲击。

接着我就来到了另一边。我的意识开始自我调节,以适应D.汤普森的各个感官,一种恐惧和奇怪的感觉一闪而过。

此刻我正坐在一辆飞行小货车的驾驶台前,悠然地看着下方那座不断后退的虚拟城市。我甚至能感觉到我的(汤普森的)胸口正平稳地一起一伏,以及阳光射入有机玻璃罩带来的暖意。

不过这只是一种被动连接。我只有视觉、听觉和触觉。我不能控制这个虚拟人的身体。而他也绝不会察觉我正在和他进行共感连接。

我潜入他的意识深处,随即感受到了他的内心活动:我有些不开心,因为我已经迟到了。不过,管他的呢,我(虚拟人-7412)他妈才不在乎。哼,老子随便去哪家货运公司都比在这儿挣得多。

对于这次顺利的连接我感到很满意,于是我(道格拉斯·霍尔)从全面共感连接切换回了感官共感连接。透过他的眼睛,我发现他正看着坐在自己身旁的另一名男子。

不知道他的助手是否也是虚拟人,抑或只是这个世界的"道具"之一。为了充实这个虚拟世界,我们在其中添加了成千上万个"道具"。

我百无聊赖地等着惠特尼输入测试用的刺激元素。我盼着今天下午能早点儿下班,因为我已经和金克斯约好,晚上去她家吃饭,顺便查阅一下富勒的笔记。

刺激元素终于出现了。汤普森盯着它足足看了十秒,我才认出那是什么。

在下方某座高楼的屋顶有一块水平放置的广告牌,广告牌上明晃晃的氖气灯正在反复闪烁:

索罗普曼牌苏格兰威士忌——香醇又爽口
还有比这更好喝的威士忌?

这是我们为了促使这个世界的虚拟人发表意见而耍的一种小把戏。索罗普曼牌苏格兰威士忌是我们现实世界中存在的一种酒。而此刻在汤普森的意识里,这种酒仿佛已经存在了很多年。他自然而然地做出了反应。

该死的劣酒。我(虚拟人-7412)心想。要是窖藏时间够久,或许还能勉强喝几口。可他们居然把苏格兰威士忌装在保龄球一样的瓶子里!

与此同时,这座虚拟城市里所有的视觉媒体都在播放这条广告。

数以千计的虚拟人对此做出的反应正在被筛选、分析、送往主输出信息寄存器,在那里分类、储存、编入索引。然后只要按一下开关,根据年龄、性别、职业、政治立场等信息进行分类的完整的细目列表就会即刻生成。

短短几秒钟,富勒的社会环境模拟器就完成了无数民调员要花一个月时间才能完成的工作量。

接下来发生的事情却让我猝不及防。幸好共感连接只是一种单向连接,否则D.汤普森除了他自己那份震惊,还会感受到我的震惊。

那是一道从晴朗的天际直劈而下的闪电。三个熊熊燃烧的巨型火球高悬空中。乌云不知从哪儿飘了出来,而且越积越多,转瞬间就几乎遮住了所有的阳光。接着,铺天盖地的冰雹开始砸落。下方两座较矮的建筑已经完全被天外飞来的大火吞噬。

我虽然一头雾水,但还是很快排除了惠特尼用背景道具和我开玩笑的可能性。其实发生这类情况并不是什么大麻烦,虚拟人最多会耸耸肩,称这些现象为"大自然在抽风",但惠特尼绝不会贸然打破这个虚拟世界的微妙平衡。

这样一来,就只有另一种可能了:模拟器出故障了。信号不稳定,程序崩溃——哪怕是一次细微而短暂的故障都会触发系统的自动更正,并或多或少令这个世界出现一些闪电乱窜的"自然"现象。线路的某个地方一定出现了异常情况。不过查克并没有将我从虚拟世界拉回现实,因为要想断开观测连接,必须是自愿的,或者等预设的时间到了以后自动退出。否则我的绝大部分自我意识将烟消云散,不复存在。

这时,汤普森的目光落在了那块水平放置的广告牌上,我立刻感觉到了他的疑惑。因为那块广告牌上的氖气灯闪烁的信息与周围的环境格格不入:

道格!快回来!情况紧急!

我立即中断共感连接,经过一阵剧烈的扭曲,我的意识从下层世界回到了自己的躯体。窥测室里已是一片大乱,屋子里充斥着惊惶奔走的身影、此起彼伏的尖叫、令人窒息的高温,以及绝缘材料燃烧后发出的刺鼻气味。

惠特尼正提着一罐灭火器拼命朝控制台喷射。他朝我这边看了一眼。

"你回来了!"他尖叫道,"谢天谢地!刚才随时都可能产生冲击电压!"

他立刻关掉了总开关。电弧放电的噼啪声骤然停止,但控制台的散热孔中仍在发出强烈而刺眼的光芒。

我一把扯下头盔,"发生什么事了?"

"有人在调制器里安置了一枚铝热炸弹!"

"就在刚才?"

"我也不知道。我把你连入模拟器以后就出去了。要不是我及时赶回来,你现在可能已经被烧成灰了!"

对于这次铝热炸弹袭击事件,西斯金表现得异常冷静——太冷静了。事发后似乎没几分钟,他就赶到了"反应"来了解受损情况。在确认我们最多不过耽搁一两天后,他点了点头,表示可以接受。

至于这次阴谋的幕后主使,他俨然已经想好了答案。他一拳击向手掌心,以此强调自己的结论,"那群该死的民调员!居然让他们混进来了!"

乔·加兹登极力否认这一可能性,"我们的安保措施非常严密,西斯金先生。"

西斯金怒视着他,"也就是说有内奸喽!那你去把所有人都彻底调查两遍!"

回到办公室后,我在窗前来回踱着步。窗外已经恢复了往日的平静。除了示威的民调员,那群生事的民众已经没了踪影。但这样的平静又能维持多久呢?民调员、铝热炸弹事件,以及之前发生的那些不可思议的怪事,究竟又有什么共同的联系呢?

我总觉得过去这周发生的种种怪事,一定有某种共同的联系:富勒之死,林奇的消失,林奇从人们的记忆里"彻底抹去",富勒留给我的那幅已经不复存在的素描,林皮的吧台后那座铭文被篡改的奖杯,警方对富勒之死重新展开的调查。

就拿这次铝热炸弹事件来说,从表面上看,这是舆情监测员协会对威胁其生存的企业采取的一次报复行动,但事实果真如此吗?还是说,这次袭击是针对我的?

谁又是幕后主使呢?肯定不是西斯金。因为就算他真想除掉我,他也早就找到了办法——通过操纵警方对富勒之死重新展开调查。

我停住脚步,注视着窗外,随即想到了一个新的可能:最近发生的许多怪事好像都间接指向了那部模拟器!

富勒之死、林奇的消失、铝热炸弹事件、失控的飞行车事故——难道这是一场有预谋的行动——旨在除掉仅有的两位能够确保"反应股份有限公司"成功的仿真电子学家?

这样一来,矛头又指回了舆情监测员协会。可从逻辑上来分析,这些事根本不可能是舆监会所为。这一切,一定是某个拥有超自然力量的组织,或是能够逼真地模仿这种超自然力量的组织所为。

这串谜团一直在我的脑海里徘徊,挥之不去,即使我和金克斯在安静而温馨的气氛里共进晚餐时也不例外。

我们默默地吃着饭,足足有十分钟没讲话,直到我恍然发现:她完全没理由也如此心事重重。

"金克斯。"

她吓了一跳,叉子哐当一声掉在盘子里。她露出尴尬的表情,随即笑了起来,"你吓到我了。"

我只不过是轻唤了一声她的名字,"你怎么了?"

她今天穿了一件微光浮动的乳白色连衣裙,领子低过肩膀很多,露出的一大片晒成古铜色的肌肤衬托着她那头乌黑的长发。

"我没事,"她说,"我刚才在想爸爸。"

她往书房望了一眼,随即抬起双手,掩面而泣。我绕过餐桌,想要安慰她一下,可最后什么话也没说,只是疑惑地站在原地。我觉得有些不太对劲。我能理解她的丧父之痛,毕竟父女俩一直相依为命。可是她的神态举止,像极了一个20世纪中叶的老古板。

今日已不同于往昔,文明的进步已经改变了世人对死亡的态度,扫除了残忍的丧葬习俗。过去一个人去世,必须通过一种具体的形式来证明。逝者的家人必须通过守灵和葬礼这种方式来证明斯人已逝。他们离开葬礼的时候,确信自己所爱之人的确已经离开了人世,确信今后肯定不会遇到什么逝者复生之类的麻烦。

然而,随着科技的日新月异,出现了各种各样证明死亡的方式,比如提取逝者的指纹、将逝者的生物电容登记入册以及对逝者大脑的皮层做共振检查。逝者的亲人们受到的最大创伤,只不过是被告知斯人已逝,其遗体已经被处理完毕。

我想说的是,金克斯肯定是个正常的女孩儿,可她现在这种悲痛欲绝的举止却太不正常了。

过了一会儿,她带我来到书房,我忽然心生一念:她表现得如此哀恸,会不会只是在假装思念自己的亡父?她是在掩饰自己内心深处对其他事的焦虑吗?

她指着富勒的书桌,"你自己随便看看吧,我去洗个脸。"

我一边沉思,一边看着她姗姗走出书房。她的身姿优雅,尽管哭红了双眼,依然楚楚动人。

她离开了很久,给了我足够的时间查看富勒的书桌上为数不多的笔记。只有两件事引起了我的注意。首先,在查看了这些数量极少的笔记后(有的摊放在书桌上,有的放在两个抽屉里),我发现有些笔记不见了。我怎么知道的?好吧,富勒以前多次向我提及,说他正在家里研究仿真电子学对人类的理解能力会产生怎样的影响。而这里的笔记对此只字未提。

其次,书桌的一个抽屉——他用来存放重要笔记的那个抽屉——被撬开了。

而眼前的这些笔记,记载的都是一些无关紧要的内容。都不是我真正想找的那些。

金克斯回来后,紧张而严肃地坐在沙发边缘,修长的双手抱着膝盖。她已经恢复了神采。但从紧闭的双唇来看,她在保持谨慎的同时,似乎下定了某种决心。

"富勒博士留下的东西都原封未动吗?"我问。

"都原封未动。"

"有些笔记不见了。"我一边说,一边仔细观察她的反应。

她瞪大了双眼,"你怎么知道?"

"他告诉过我他正在研究一些东西。可在这儿我没找到这方面的笔记。"

她的视线从我身上移开——不安了?——然后又回到我身上,"噢,他处理掉了很多笔记,就是上周的事。"

"怎么处理的?"

"都被他烧了。"

我指着那个被强行撬开的抽屉,"这又是怎么回事?"

"我——"她笑着走到桌旁,"你这是在审问我吗?"

我温和地说:"我只是想尽量找到和那些研究有关的信息。"

"那些信息应该没那么重要吧?"我还没来得及回答,她便急切地提议道,"我们去兜个风吧,道格。"

我拉着她回到沙发边,然后和她并肩而坐,"我只问几个问题。那个坏掉的抽屉锁是怎么回事?"

"爸爸把钥匙弄丢了,大概是三周前的事,然后他拿了把小刀把抽屉撬开了。"

我知道她在撒谎。由于富勒经常搞丢抽屉钥匙,一年前我帮他在锁上装了一个生物电容识别器,这样他不用钥匙也能打开这个抽屉了。

她站起身来,"去兜风的话,我得去拿件外套。"

"关于你父亲画的那幅素描——"

"素描?"

"画有阿喀琉斯和乌龟的那幅素描,用红墨水画的——之前放在他的办公室。你没拿吧?"

"我没看到过什么素描。"

她不仅看到过那幅素描,我还站在她背后看着她对其研究了好一会儿。

我决定抛个重磅炸弹给她,看看她会有什么反应,"金克斯,其实我在调查你的父亲是否真的死于意外。"

她张口结舌地退了几步,"噢,道格,你在开玩笑吧!你是说有人——杀了他?"

"我觉得是。而且我认为他的笔记中可能暗示了凶手的身份和动机。"

"可是,不可能有人想杀他呀!"她沉默了一会儿,"假如你是对的,你可能已经有危险了!噢,道格,你必须忘了这件事!"

"你不想揪出凶手吗?"

"我不知道。"她犹豫道,"我好害怕。我不希望你出什么事。"

我发现她并没有提议去报警,"你为什么觉得我会出事?"

"我……噢,道格,我已经糊涂了,我好害怕。"

皓月正当空,皎洁的月色将飞行车的有机玻璃罩染成了微光闪烁的银色穹顶。柔光透过玻璃罩,洒在坐在我身旁的女孩儿身上。

她一言不发,神情恍惚,双眼直勾勾地盯着飞行车前方不断显现的道路。她就像一座脆弱的德累斯顿①,即将在月光的轻柔轰炸下化为废墟。

她陷入了沉思。可就在几分钟前,她还不是这样的。刚才她还拼命恳求我,恳求我忘掉她的父亲可能是遭人谋杀这件事。

这反而令我更加困惑。她就像一道高墙,挡在了我和他父亲的遭遇之间。我不禁产生了这样的念头:她在为此事的幕后

---

①德国城市,二战中曾遭受盟军的猛烈轰炸。

主使打掩护。

我将一只手搭在她的手上,"金克斯,你遇到麻烦了吗?"

正常来说,她的回答应该是问我为什么会这么想。可她却这样说:"没有,当然没有。"

她回答得冷静而坚决,仿佛已经选好了应对的说辞。我知道,我已经不可能问出什么了。虽然通过金克斯,我或许能够直接找到我想要找的答案,但看现在这情形,我只能另辟蹊径。

我将飞行车设置成自动驾驶模式,让它沿着一条陌生而荒僻的乡村道路前行,然后陷入了自己的思绪。关于最近发生的这些怪事,只可能有两种解释:一、某个庞大而邪恶的组织——某个拥有强大未知力量的组织,正在谋划一场难以想象的惊天大阴谋;二、根本就没发生过什么超自然的怪事——这一切只是我的幻觉。

不管怎么看,都是我产生了幻觉的可能性更大。可我始终隐隐觉得,有一股残忍而神秘的力量,正在千方百计地阻挠我查明富勒之死的真相。同时,这股力量也在暗示我,只要我不再藐视它的权威——金克斯似乎也希望我这样做——一切就都将安然无事。

我倒是希望一切都能安然无事。看着身旁这个女孩儿,我才意识到自己对正常的生活是多么渴望。在月光的沐浴下,她是如此美丽动人。她就像一座让人心暖的灯塔,在邀我抛下烦恼,去拥抱平凡的生活。

可她并不平凡。她有某种特别之处。

她就像听到了我的内心想法一样,向我靠了过来。她挽住我的胳膊,将头靠在我的肩膀上。

"人生的未知数实在太多了,对吗,道格?"她的语气中既有忧伤,又有希望,两者奇怪地融合在了一起。

"多得让人想去寻找答案。"我答道。

"你想寻找什么答案呢?"

我望着她。在人生中最需要这样一个人的时候,她进入了我的生活。

"我离开这座城市以后,从未停止过对你的思念。"她说,"这么多年以来,我一直像个失落的傻孩子。但我从未停止过对你的思念。"

我等着她继续温情软语地说下去,却只听见了深沉的呼吸声。她睡着了。她的脸颊上,两道泪痕在月华下泛着银色的光。

她和我一样,在逃避着什么。但我知道,虽然我们可能正在为同样的事烦恼,但我们绝无可能就此事互相倾诉。因为出于某个我无法理解的原因,目前这种局面正是她希望看到的。

飞行车驶上了一座小山坡,在车灯的照射下,我的眼前出现了一片前所未见的区域。

而当我们来到山顶时,一股充满寒意的恐惧开始撕扯我的胸口。我踩下刹车踏板,车子立即平稳停住。

金克斯的身子微微动了一下,但没有醒来。

我在车上坐了很久,难以置信地看着眼前的一切。

道路在前方一百英尺处消失了。

道路两旁,所有的土地也消失在了一道漆黑幽暗、无法穿透的屏障之中。

在那道屏障之外,没有星辰,没有月光——只有那在最黑暗的虚空之外才能看见的虚无中的虚无。

6

事后我才反应过来,我应该在见到那最荒诞的场景时叫醒金克斯。这样一来,通过她的反应我就能知道,究竟是对面的世界转瞬间消失不见了,还是我产生了幻觉。但我当时只能坐在车上苦苦挣扎,不让自己失去意识。等我终于扛住了这次突发的眩晕症,努力抬头向前看时,前方的道路又出现了,而且和一般的路没什么两样,一直伸向远方。道路两旁是静悄悄的田野和绵延起伏、在月光中异常显眼的山丘。

又来了——自动修正的现实。道路消失了,但是又没有消失,因为路就在那儿。同样,林奇也消失了,但所有的证据都表明,他从未存在过。我一直无法证明我看见过那幅画有阿喀琉斯和乌龟的素描。但还有一种可能,现实被修正成了富勒从一开始就没有画过这幅素描。

直到第二天下午,查克·惠特尼来找我探讨一个非常复杂的仿真电子学难题的时候,我的思绪才终于从这些违背常理的怪事中解脱出来。

他从员工专用入口步入我的办公室,一屁股坐上一张椅子,然后将双脚搁在我的办公桌上,"好了,我们终于让观测调制器恢复运转了。"

我从窗前转过身来。之前我一直站在原地,注视着窗外那些示威的民调员,"你好像并没有为此感到高兴。"

"我们损失了整整两天时间。"

"我们会赶上进度的。"

"我们当然会。"他笑得有些疲倦,"但上次事故造成的灾变把我们下面那位'情报员'吓得够呛。我一度以为P.阿什顿会精神崩溃,不得不删除他。"

我不安地看着地板,"阿什顿是富勒创造的这个虚拟世界里唯一的薄弱环节。除他以外,没有哪个虚拟人能承受自己只是一个虚拟世界里的一堆电荷的事实。"

"我也觉得这样不妥。富勒当初是对的。我们应该直接派一个可靠的观察员到下面去。否则一旦出了什么事,我们得花好几天时间才能知道。"

这个问题已经困扰了我好几周,最后为了想出应对之策,我才请了那一个月的假。不知怎么回事,我总觉得世间最残忍的事,莫过于让一个"情报员"知道自己只不过是一个虚拟的电子人。

我把心一横,"查克,我们尽快废除那套体制吧。我们专门安排一些观测人员来代替'情报员'。以后我们直接派人下去观测。再也别出现P.阿什顿这样的人了。"

他如释重负地咧嘴一笑,"我马上去安排人。还有个问题——我们快要失去高·诺了。"

"谁?"

"高·诺。他是我们模拟器里的'普通移民',一个缅甸人。

虚拟人-4313。半小时前阿什顿向我们报告,说他企图自杀。"

"他为什么要自杀?"

"据我了解,他可能受了占星学的影响。他相信上次的大灾变是世界末日的前兆。"

"这很容易解决吧。改写他的程序。要是他再萌生自杀的念头,把这个念头从他的程序里删掉就是了。"

查克起身走到窗边,"事情没那么简单。他一直在那儿大嚷大叫、胡言乱语,讲些流星、风暴、大火之类的事,吸引了很多人围观。他向人们宣称,上次那些异常的自然现象绝不可能同时发生。阿什顿说,许多人在听了高·诺的话以后,开始对上次的大灾变产生了怀疑。"

"噢。这可不妙。"

他耸了耸肩,"也许他们会渐渐淡忘这件事。但要是再发生其他类似的事,许多虚拟人可能会精神崩溃,然后到处乱跑。现在最好的处理办法,就是把'幻世-3'的暂停时间再延长几天,把那些风暴和大火彻底清除。高·诺也必须删除——他的'执念'已经根深蒂固。"

惠特尼走后,我呆坐在桌前,手中不知不觉握住了一支笔。我心不在焉地试着再现富勒那幅画有希腊战士和乌龟的素描。

但没画多久我就将笔扔到一旁。那幅素描的含义我百思不得其解,搞得人心烦意乱。我记得之前给埃弗里·柯林斯沃思描述了这幅素描以后,他想到的是芝诺悖论。但我十分确定,富勒的这幅素描既不是指芝诺悖论,也不是指这个悖论的结论,即一切运动皆为假象。

我似乎注意到了什么,嘴里开始重复这句"一切运动皆为假象"。

我随即恍然大悟,有一个地方能够诠释"一切运动皆为假象"这句话——模拟器里的那个虚拟世界!那些虚拟人以为自己生活在一个真实的世界里。他们以为自己在四处走动,但实际上他们哪儿都没去。举个例子,比如一个名叫高·诺的虚拟人从一栋楼"走"到了另一栋楼,完全是因为仿真电子电流对一个栅极施加了偏压,然后换能器将这种虚拟"体验"导入了他的存储磁鼓所致。

富勒是想让我从这幅素描里悟出这个道理吗?可他究竟想要表达什么呢?

我从椅子上跳了起来。

高·诺!

高·诺正是其中的关键!现在一切都豁然开朗了。这幅素描指的仅仅是"芝诺"这个名字!

在称呼我们这部模拟器里的虚拟人时,"反应"的工作人员都遵循着这样一个不成文的惯例——用其名字的首字母加姓氏来称呼他们。

这样的话,高·诺就成了"C.诺"——发音和"芝诺"相差无几!

没错!富勒确实想告诉我一条非常重要的信息,并采用了这种最隐蔽的方式。他把这条信息存放在了一个虚拟人的存储磁鼓中,然后给我留下一个能够找到那个虚拟人的谜题。

我冲出办公室,从接待室狂奔而过。多萝西·福特正在梳理她的童花头,她愣在座位上,诧异地看着我跑了出去。

我一边往楼上狂奔,一边不停地责怪自己——我不清楚高·诺的存储控制台在哪间虚拟人监护室。

匆匆查看完两间监护室墙上的名录后,我冲进了第三间

——却和惠特尼撞了个满怀。他被我撞得退了好几步,工具箱里的东西散落一地。

"高·诺的控制台!"我急切地问,"在哪儿?"

他朝肩膀后指了指,"左边最后一个,已经关机了,我刚刚清除了所有回路。"

回到办公室后,我的眩晕症再次发作。我撑在桌子上瑟缩不已,脑袋突突作痛,脸上汗水涔涔,仿佛有一千只黄蜂在我的耳中嗡嗡直叫。我竭力挣扎,不让自己失去意识。等房间终于不再旋转后,我立刻身心俱疲地瘫坐在椅子里。

就在我解开那幅素描隐藏的秘密的前几分钟,高·诺被删除了。真是无巧不成书。有那么一瞬,我甚至怀疑查克·惠特尼会不会也参与了这场惊天大阴谋。

我连忙从内线电话呼叫他:"你刚才是不是说过,C.诺在企图自杀前和我们的'情报员'说过话?"

"没错,阿什顿劝阻了他。呃,你问这个干吗?"

"只是随便问问。我想让你准备一下,用监测回路把我连入模拟器,我要和菲尔·阿什顿当面谈谈。"

"恐怕还得等几天——必须等所有这些程序改写完毕后才行。"

我叹了口气,"那就让大家加班加点干。"

我刚挂断内线电话,办公室的门便旋转打开,霍勒斯·P.西斯金走了进来。他身着一件干净整洁的细条纹灰色西服,脸上挂着他表情库里最亲切的那种笑容。

他绕过桌子走到我这边,"怎么样,道格,你觉得他怎么样?"

"谁怎么样?"

"当然是韦恩·哈特森呀。他真是个了不起的人。要是没有他,党根本没机会迈进执政的大门。"

"我听说过他的事迹。"我冷冷地说,"虽然我有这个荣幸和他见面,但我并没有为此欢呼雀跃、激动不已。"

西斯金突然哈哈大笑起来,只不过笑声非常尖锐。我大惑不解地看着他。他坐到我的椅子上,转过去面向窗户。

"我也不怎么喜欢他,孩子。我怀疑他是否真的能对党或这个国家做出贡献。"

他的话让我大吃一惊,"你有什么打算吗?"

他扫了一眼天花板,然后紧张地说:"我想有所行动——当然,在你的帮助下。"

他盯着我看了整整一分钟都没说话。见我没答话,他才继续说道:"霍尔,我想你一定注意到了,我是一个胸怀大志的人。我为自己的干劲和勤勉感到自豪。假如我能把这些品质用于治理这个国家,你觉得怎么样?"

"在一党制的制度下来治理?"我谨慎地问。

"一党制还是十党制——谁他妈在乎?我们国家需要的是一个最能干的领导人!你能想象一个比我过去建立的更加庞大的金融帝国吗?谁还比我更有资格入主白宫?"

见我的脸上挂着一副耐心的笑容,他露出了不解的神情,于是我解释道:"取代那些人可能有难度,比如哈特森。"

"这没什么难的,"他信心满满地说,"只要有那部模拟器为我出谋划策就行。我们在把它改造成政治预测型模拟器的同时,还要在其中创造一个有权有势的虚拟的霍勒斯·P.西斯金。不一定和我完全一样。或许我们可以把他塑造得更完美一些。"

他沉思片刻,"无论如何我都要这样做。这样一来,等我们向'幻世-3'寻求政治方面的建议时,这位虚拟的西斯金一定会大显身手,用实际行动来证明自己才是总统的最佳候选人。"

我没说话,只是盯着他。他会成功的。我知道他能成功,因为这个计划不仅大胆,而且合乎逻辑。现在我十分庆幸自己留在了"反应股份有限公司",因为只有这样我才有机会阻止西斯金和党的阴谋。

多萝西·福特出现在内线电话的显示屏上,"这儿外面来了两个舆情监测员协会的人,他们——"

办公室的门应声打开,两个怒气冲冲、满脸不耐烦的民调员径直走了进来。

"你是霍尔?"其中一人喝问道。

我点了点头。另一人立即咆哮道:"很好,你马上去告诉西斯金——"

"你们自己告诉他吧。"我朝椅子那儿指了一下。

西斯金从椅子上转过身来,看着他们,"什么事?"

两人显然吃了一惊。

"作为舆监会①的代表,"先前那人说道,"我就开门见山地告诉你吧:要么停止和那部模拟器相关的工作,要么等着我们组织全城的民调员罢工!"

对于这句威胁,西斯金先是付之一哂,但他眼中随即露出了凶光。其中的原因不难猜到。这座城市四分之一的就业岗位——在某种形式上——都与民意调查工作相关。只有就业人数达到最大值,西斯金集团才能获得最大的利润。当然,西斯金可以依靠他储备的资金来抵御罢工带来的影响。但一周之内,所有的商人和家庭主妇就会坚定不移地和舆监会站在同一阵线。彻底搞垮舆监会诚然是西斯金集团战略计划的一部分,但西斯

---

①舆情监测员协会的简称。

金的金融帝国还没有做好这个准备。

没等西斯金回答,这两人便扬长而去。

"这下可好。"我有些幸灾乐祸地说,"现在我们该怎么办?"

西斯金笑了起来,"我不知道你要怎么办。但我要着手动用我的关系了。"

两天后,我在"窥测"室的另一张沙发上舒服地躺了下来,让惠特尼给我戴上了另一种型号的传输头盔。这次他没有和我打趣,因为他察觉到我有些不耐烦。

我看着他推下了监测回路的开关。

这次投影进行得很顺畅。上一秒我还斜躺在沙发的皮垫上,下一秒我就已经站在了虚拟世界里的一间视频电话亭里。由于这次不是共感连接,我没有被束缚在某个虚拟人的意识里。相反,我亲自进入了这个虚拟世界。

一位瘦高个男子走出另一间电话亭,然后向我走来。我发现他在瑟瑟发抖。

"霍尔先生?"他不大确定地问。

我一面点头,一面环顾四周。大厅的布置和一般的酒店没什么两样。"出什么事了吗?"

"没有。"他忧伤地说,"你不会明白的。"

"怎么了,阿什顿?"我伸手去碰他,但他退了一步,战栗不已。

终于,他找到了合适的措辞来形容他的烦恼,"想想看,在你的世界里,一位天神突然下凡来到你的面前,并且开始和你讲话,你会是什么样的感受。"

我能理解他那卑微、敬畏的心态。但我还是抓住了他的肩膀,"别多想。现在我和你一样——都是一堆有意识的仿真电子电荷。"

他半转过身去,"我们早谈早了吧。谈完你就可以回去了。"他朝某个方向甩了下头。

"我没想到当面接触会这么困难。"

"你以为呢?"他嘲弄道,"你以为像野餐那么轻松?"

"阿什顿,我们就快找到解决办法了。或许我们可以让你解脱,让你不用再当'情报员'了。"

"那就把我彻底删除,删得一干二净。我不想再过这种生活了——这种知道了真相以后的生活。"

我感到了一丝不安,于是赶忙直奔主题,"我想和你谈谈高·诺。"

"被删除的幸运儿。"他说。

"他在企图自杀之前和你说过话?"

他点了点头,"我留意他有一段时间了。我当时感觉他就要崩溃了。"

我紧张地注视着他,"菲尔,让他发疯的并不只是那些流星和风暴,对不对?"

他猛地抬起头,"你怎么知道?"

"这么说,的确有其他原因?"

"有。"他的肩膀耷拉下来,"我对此只字未提。我恨你们,我想报复你们。我想让高·诺把这该死的世界搅得天翻地覆。这样你们就只得删除一切,从头再来。"

"究竟是什么让他发的疯?"

他迟疑了片刻,随即一股脑儿地说了出来:"他知道了。不知怎么回事,他知道了自己的本质,知道了这座该死的虚拟之城的本质。他知道了这座城市只是一个虚拟世界的一部分,知道了他的现实不过是电子程序运行的产物。"

我僵立在原地。看来,不管富勒对那个叫高·诺的虚拟人透露了什么信息,那条信息一定足以让他明白,自己只不过是一个虚拟出来的人,生活在一个并不存在的世界里。

"他是怎么发现的?"我问。

"我也不知道。"

"他还说了其他什么吗,比如他的磁鼓里存有什么绝密数据之类的?"

"没有。知道自己并不存在后,他当时快崩溃了。"

我低头看了眼手表,后悔自己只给这次面谈安排了十分钟时间。"时间到了。"我边说边朝那间视频电话亭走去,"我还会下来和你见面的。"

"别!"菲尔·阿什顿在我身后叫道,"看在上帝的份上,别回来了!"

我回到电话亭,关上门,看着虚拟出来的手表上,秒针缓缓爬向分针。

即将启动回程的前两秒,我朝外面的大厅看了一眼。我差点儿大叫起来。

由于回程传输已经无法终止,我只能眼睁睁地看着自己熟悉的那位莫顿·林奇——一个虚拟的莫顿·林奇——从酒店大厅走过。

7

整个下午,我都惶惶不安地躲着那部模拟器。它仿佛变成了一头凶神恶煞的电子恶魔——一头产生了自我意识的电子恶魔,一头闯入我的世界将富勒杀害、将林奇抓走的电子恶魔。

最后我才反应过来:我在那间虚拟酒店大厅看到的那个莫顿·林奇,可能只是一个长得和他相似的虚拟人。但直到第二天早上到公司以后,我才想到了一个验证此事的简单方法。我怀揣此念,连忙朝虚拟人检索室奔去。

我在存放"职业"文件的"安保"一栏下进行查找。没有林奇的条目。我推测,那个虚拟林奇的职业可能和他在现实世界中的职业类似,于是我又在"警察"一栏下进行查找。但我仍然一无所获。

我一边怀疑着是不是自己看错了,一边采取了更直接的办法:在人名录中查询。

"L"一栏的最后一个条目上赫然写着:"莫顿·林奇——虚拟人-7683"。

看着文件上的记录,我的手颤抖不已。虚拟人-7683是三个月前由富勒博士亲自输入模拟器的!

模糊的记忆瞬间清晰起来,我想起了之前发生的一个小插曲。由于当时我觉得这件事无关紧要,所以没放在心上。富勒曾经搞过一个恶作剧,他以现实世界中的林奇为蓝本,在模拟器里创造了一个虚拟的林奇。随后他邀请这位安保主管,通过监测回路到模拟器中进行观察。当林奇在模拟器里看到自己后,被吓了一大跳。

我激动不已。因为我终于证明,至少对自己证明了,曾经的确存在过一个叫莫顿·林奇的人!

但是,真的有这个人吗?

一想到还有另一种更合理的解释,一想到那些自动修正的现实,我的心中顿时又充满了无助之感:我记忆中的林奇,会不会就是富勒在模拟器里创造的那个林奇?会不会是这份记忆在我的心底生根发芽,导致我最终在现实生活中幻想出了一个叫林奇的人?

我垂头丧气地走出公司,心不在焉地从那排示威的民调员面前经过。为了体会那种脚踏实地的感觉,我一直走在静态步行带上。我想就这么一直走下去,走出这座城市,直到迷失在荒凉的田野里。我随即想起了上次在那片乡村地区的遭遇,林奇的事和去田野的冲动随之被我抛到了九霄云外。

走到街角处时,一个民调员拦住了我,"我在调查人们对男装翻领的看法。"他对我说道。

我只是看着他,没有作声。

"你喜欢宽翻领吗?"他开始提问。

就在他掏出小本的同时,我已经跌跌撞撞地继续往前走去。

"嘿,快回来!"他喊道,"我会罚你款的!"

在街角的一条传送带天桥下,有台自动新闻播报机正在咆哮:"民调员遇上麻烦了!民意调查即将被立法禁止!"

即便如此——即便听到西斯金已经开始动用他的关系对付舆监会——我依然提不起精神。

就在这时,又有个民调员走到我面前。他低声细语地对我说:"看在上帝的份上——也为你自己着想,霍尔——忘掉这该死的一切吧!"

我大为震惊。他这句警告分明就是针对我的。我连忙伸手去抓他的胳膊,却只从他的衣袖上扯下了"注册舆情监测员"的袖标。只见他飞奔而去,消失在茫茫人海中。

这是幻觉。我木然地对自己说。刚才出现的那个民调员只是我的幻觉。可是等我把他的袖标塞进衣服口袋时,我又有些拿不准了。

一辆飞行车驶离滚滚车流,停靠在路边。

"道格!"金克斯开心地喊道,"我正要去找你,看你要不要跟我一起吃午饭呢。"

她随即发现了我一脸的麻木,"上车,道格。"

我顺从地爬进车后,她将车驶上了一座升空岛。转瞬之间,我们便飞速冲向天际。

飞行车达到了限定的最高高度后,她将自动驾驶系统设置为偏航修正模式。我们坐在车里,城市在万丈之下。

"现在,"她小心地问,"能告诉我出什么事了吗?和西斯金吵架了?"

她把有机玻璃罩打开了一条缝,一阵清凉的风呼呼地吹了进来,吹拂着我头绪中的乱丝。不过我的头绪才理清了一点点,还不足以解开那些未解之谜。

"道格?"见我默不作声,她又唤了我一声,清风撩起了她头上一绺泛着光泽的秀发,发丝随风飘散,贴在了有机玻璃罩上。

是时候开诚布公了,这是我现在唯一还有把握的事。我必须知道,她是否真的对我隐瞒了什么,还是说连这件事也只是我的幻觉。

"金克斯,"我直截了当地问,"你到底在隐瞒什么?"

她的目光飘向了它处。她的举动令我疑心大增。

"我一定要知道!"我大声说道,"我遇到了一些怪事。天哪,我不想你也受到牵连!"

她的眼眶有些湿润,嘴唇微微发颤。

"好吧,"我没有放弃,继续说道,"那我就直说了。你父亲由于知道了某个秘密被人谋杀了,而唯一了解内情的人又消失了。我两次差点儿遇害。我亲眼见到一条道路消失不见了,而一个我从未见过的民调员刚才走到我面前叫我忘了这一切。"

她毫不掩饰地哭了起来。但我并没有心软。我说的每件事她都知道,我十分确定。现在她不得不承认,她也参与了这场惊天大阴谋。

"噢,道格,"她恳求道,"你就不能忘了这一切吗?"

刚才那个民调员不也是这么对我说的吗?

"你还不明白吗?你不能再这样下去了!"她哀求道,"你还不明白你在对自己做什么吗?"

我在对自己做什么!

我随即明白了她的意思。她根本就没有隐瞒任何事!我一直以为她在对我隐瞒什么,但其实她只是在同情我。她一直都只是在试图用温和的方式,将我从那些不切实际的猜疑和执念中拉回正轨。

她一定知道了我那些荒谬的行为。可能是柯林斯沃思把那次在"林皮"发生的事告诉了她。而她之所以如此忧伤,只是一种幻灭后的表现。她将童年时对我"动"的那份情一直延续至长大成人,而今却发现事难遂愿:因为她以为我的精神出了问题。

"我很抱歉,道格,"她无助地说,"我送你下去吧。"

我无话可说。

我在"林皮"抽了整整一下午的烟,嘴里充满了烧焦破布的味道。不过我也会时不时地来上一口苏格兰小行星,给嘴巴降降温。

日没时分,我开始漫无目的地游走在几乎空无一人的市中心。最后,我走上了自动人行道,登上了一条高速传送带。至于终点站,我根本没去注意。

终于,夜晚的寒意让我模糊地意识到,这条不知通往何处的传送带正在将自己载往何方。抵达终点站后,我抬头看了眼指示牌,发现自己来到了一处离埃弗里·柯林斯沃思家不太远的住宅区。以我的情况,心理咨询师真是再适合不过了。

自然,柯林斯沃思对我的到来颇感吃惊。

"我说,你跑哪儿去了?"他领我进了屋,"我一下午都在找你,另一批虚拟人还需要你的审核呢。"

"我去外面办了些事。"

他肯定注意到了我憔悴的模样,但他明智地避开了这个话题。

柯林斯沃思家里的景象处处都表明他是个单身汉。他的书房显然已经好几个星期没收拾了。然而,面对这些东摆西放的书本、乱七八糟的书桌以及散落一地的皱纸团,我却有一种说不出的自在感。

等我一屁股坐在椅子上后,他开口问道:"喝点什么?"

"苏格兰威士忌,不加冰。"

我要的酒立刻出现在他的自动点酒机的取物口,他端起酒杯,走过来递给了我。他一边笑,一边用手梳理着那头柔顺的白发,"你先喝一杯,待会儿再去刮个胡子,然后换件干净的衬衫。"

我咧嘴笑了笑,将杯中的酒一饮而尽。

他拉过来一把椅子,"现在你可以跟我讲了。"

"我不知从何说起。"

"芝诺?那个叫莫顿·林奇的家伙?诸如此类的事?"

我点了点头。

"我很高兴你能来找我倾诉,道格。我是说真的。你来找我,应该不只是说那幅素描和林奇的事,对不对?"

"还有很多事,但我真不知道该从何说起。"

他靠回椅背,"我记得大约一周前,在'林皮'的时候,我讲过一些关于把心理学和仿真电子学结合在一起,会让人产生许多古怪念头之类的话。现在让我引用一下我当时的原话吧:'你们把人塞进一部机器里,自然而然会开始思索机器和人的本质。'你就从这儿说起吧。"

我说了。我把一切都告诉了他。而在我讲述的过程中,他的表情自始至终都没有变化。等我讲完后,他起身踱起了步子。

"首先,"他说,"千万别妄自菲薄。你得客观地看待此事。富勒也有过这些烦恼。噢,但是没你这么严重。毕竟当时那部模拟器还没有现在这么完善。"

"你想说什么?"

"我想说的是,你们从事的那种工作难免会对人的心理状况造成影响。"

"我没懂你的意思。"

"道格,你掌控着一座住满了虚拟人的城市——一个虚拟的世界。对这个虚拟世界来说,你就像一个无所不能的神。有时候,你不得不做一些违背你的道德观的事,比如删除一个虚拟人。结果会怎样呢?你的良心会受到巨大的折磨。那么,说到底,这会造成什么后果?这会使你的情绪起伏不定。就好像这一刻你还出于极乐的状态,下一刻却坠入了自责的深渊。你以前有过这种感觉吗?"

"有。"但我只是现在才意识到自己以前有过这种感觉。

"那你知道我刚才描述的那种病症叫什么吗?"

我点了点头,低声道:"妄想症。"

他立即笑了起来,"不过只是一种伪妄想症——一种由外部因素引发的病症。噢,这种病的确存在,所有妄想症有的特征它都有:夸大妄想,脱离实际,被害妄想,产生幻觉。"他顿了一下,然后更加诚恳地说道,"你还不明白是怎么回事吗?你删除了一个虚拟人,却幻想自己的现实世界里消失了一个人。你修改了那些虚拟人的人生经历,却怀疑自己的现实世界被篡改了。"

虽然难以接受,但我能听懂他这番话的逻辑,"假设你是对的,那我该怎么办?"

"你已经做了该做的百分之九十。最关键的,是要承认事实,坦然去面对。"他突然站了起来,"你再点杯酒吧,我先去打个电话。"

等他回来时,我不仅喝完了酒,而且已经在隔壁的洗手间里把胡子刮到一半了。

"这就对了嘛!"他对我鼓励道,"我去给你拿件新衬衫。"

不过等他再回来时,我又皱起了眉头,"可我之前的那些昏厥又是怎么回事?至少昏厥都是实实在在发生过的。"

"噢,我也相信发生过,但那只是因为你的心理在作祟。你的自尊心不容许你承认自己患上了精神疾病。于是你找了一个挽回颜面的方式,而昏厥就是最简单的方式。这样一来,你就不会感到那么丢脸了。"

等我换好衣服后,他送我来到门口,并建议道:"好好利用这件衬衫。"

他的建议让我有些摸不着头脑,直到我看见了多萝西·福特——她正坐在一辆停在屋前的车里。现在我终于明白他为什么去打那通电话了。好心的多萝西早已整装待发,准备给我来些"鼓励"了。显然,是柯林斯沃思请她来的。而对她来说,是不是来做好事并不重要,重要的是这是一次监视西斯金的棋子的机会。

不过我已经无所谓了。

飞行车如长矛一般刺入寂然阒黑的夜色,最后悬停在空中。头上是漫天寒星,脚下是万家灯火。在有机玻璃罩优美弧线的映衬下,多萝西好似一幅暖意融融的画,活力四射,充满渴望。她那头金发在仪表盘反射的光芒下泛着荧光,仿佛一块亚麻色的幕布,衬托着一张灿烂而热切的笑脸。

"那么,"她一边说,一边优雅地耸了耸香肩,"我是向你提交一个活动计划呢,还是说你心里已经有了主意?"

"柯林斯沃思叫你来的?"

她点了点头,"他觉得你需要提下神。"她笑了起来,"而我正是那位能让你提神的姑娘。"

"听上去是个有趣的疗法。"

"噢,当然啦!"她含情脉脉地看着我,但只是在演戏。

然后,她突然严肃了起来,"道格,我们都有各自的任务。显而易见,我的任务是替'小巨人'盯着你,确保你在他的掌控之中。但同时,我们也不是不可以利用这个机会找点儿乐子。同意不?"

"同意。"我握住了她伸过来的手,"那我们接下来做什么?"

"来点儿带劲儿的东西怎么样?"

"比如什么?"我谨慎地问。

"给脑皮层来几下电流。"

我似笑非笑地看着她。

"哎呀,别这么严肃嘛。"她打趣道,"那个又不犯法,你知道的。"

"没看出来你居然有这种需求。"

"我没有。"她伸手过来拍了拍我的手,"可是亲爱的,柯林斯沃思博士说你有。"

"皮层角"是一栋不起眼的平房,坐落在两座高耸入云的方尖塔之间。而这两座以玻璃纤维混凝土为材料的方尖塔则位于市中心的最北部。外面有一大群年轻气盛、笑语喧天的少年在那儿闲荡,一会儿涌向他们停在一旁的破旧飞行车,一会儿又涌入那些基本已经废弃的行车道。到最后,他们会从众人里选出一个小伙子,凑钱让他进去过一把电击脑皮层的瘾。

进入室内便来到了等候室,我们发现顾客们都耐心有礼地坐在椅子上等着,或听着音乐,或啜着酒。他们大多是上了年纪的妇女,虽然都有些尴尬,却也难掩心中的渴望。这里也有男性,但很少有人小于三十五岁。这说明时下的年轻人一般不需要脑电刺激这种消遣方式。

多萝西告诉女服务员,我们想试试那种比普通版贵三倍的双人串联回路。

我们立刻被请入了一间装饰豪华的房间。轻柔的音乐从古色古香的壁毯中袅袅传出,不绝如缕。温暖的空气中弥漫着浓烈的香气。

我们躺在天鹅绒沙发上,多萝西紧紧地依偎在我怀里,脸颊贴在我的胸口,秀发的芳香扑面而来。女服务员将头盔戴在我们头上,然后把控制面板转到多萝西够得到的地方。

"你只需全身放松,剩下的都交给多蒂①吧。"她一边说,一边扭身去调弄控制旋钮。

转瞬之间,令人稍感刺痛的电流从大量电极射出,涌入了我的大脑皮层中枢。整个房间,四周的壁毯,弥漫的香气——顿时被一扫而空,仿佛一阵狂风刮走了鸿毛。

我发现自己正泡在一片绿如翡翠的大海之中,头顶是绵延万里的碧空。海浪慵懒地翻滚着,海水轻柔地冲刷着一片细白如银的沙滩。一波激增的浪涛将我托起,又缓缓把我抛下,直到我的脚趾触到水波冲刷的沙滩。

这不是幻觉,这是真实的体验。虽然只是由于幻觉中枢受到了刺激,但这种体验却是如此真实。刺激大脑皮层的效果是如此显著。

我身后传来了一串银铃般的笑声,而这时,又一波海浪将我托起。我踩着海水扭过身去,却撞上了一阵迎面而来的浪花。

---

① 多萝西的昵称。

多萝西向远处游去,我紧随其后,她却一个翻身,急速潜入了水中。阳光洒在她健美轻灵的身躯上,光芒在她裸露的肌肤上一闪而过。

我们就这么在水下游着。有一次我离她很近,几乎抓住了她的脚踝。但她却用力一蹬,从我手中挣脱,又游到了远处,活像一只优雅的海洋生物。

我浮出水面,吐出满口的海水。

我看到了金克斯·富勒,她正站在沙滩上,紧张而忧虑地看着眼前浪花四溅的大海。海风拍打着她的裙子,吹拂着她的秀发,将发丝扬得满脸都是。

多萝西也浮出了水面。看到金克斯后,她立刻沉下了脸,"这地方不好。"

一阵黑暗扫过之后,我和多萝西已经踩在了滑雪板上,正从一片白雪皑皑的山腰向下飞速滑去。冰凉的雪尘在我们周围飞扬四溅,我们开怀大笑。

我们放慢滑行速度,准备拐个小弯,绕过前方一处不规则隆起的地段。不料她却摔了个跟头。我立刻刹住,滑回到她身边,俯身准备将她扶起。

她大笑起来,把护目镜推到额头上,伸手搂住我的脖子。

越过她的肩膀,我却看到了金克斯。她默默地站在一棵银装素裹的大树后,半隐半露,忧愁地看着我和多萝西。

就在我出神地看着金克斯时,我隐约感觉到多萝西·福特的思维正偷偷摸摸地随着那些充满刺激性的电流,一层接一层地钻入我的脑皮层组织。

我忘了串联脑电刺激回路有共振效应,忘了双人脑电刺激会使人自愿对另一个人敞开自己的心扉。

我从沙发上猛地坐起来,一把扯掉了头盔。

多萝西也随之醒来。她漫不经心地耸了耸肩,然后给一句古老的女性专用俏皮话赋予了一层新的含义:"你总不能责怪一个尽职尽责的女孩儿吧?"

我盯着她的脸,想看她有没有发现什么。她有没有潜入我的意识深处,发现我之所以跟着西斯金,是因为我打算破坏他和党的阴谋?

8

数周以来,富勒之死的阴影一直笼罩着我。现在,我终于走出了这片阴影。而富勒死后发生的那些事,也就是我幻想的那些事,好似一场在耀眼晨光的照耀下失焦的噩梦。多亏埃弗里·柯林斯沃思,我才从这场噩梦中回到了现实。

伪妄想症,这个解释非常合理。我很奇怪,为什么富勒和我都没有想到这一点:与那部社会环境模拟器和那些异常逼真的"小人儿"走得太近,会对人的心理产生意想不到的影响。

当然,还有些棘手的事需要解决。譬如,我必须让多萝西·福特明白,我和她去那个地下脑电刺激室找过一次乐子,对我来说并不意味着什么。虽说我挺享受在海中畅游的那种感觉,但我并不会因此上瘾。经过这件事后,我已经十分清楚,我的心里只有金克斯·富勒。

次日早晨,当我从多萝西的办公桌前经过时,我发现她的看法和我如出一辙。

"关于昨晚的事,道格——"她冷冷地说,"就像我之前说的,我们都有各自的任务。我必须做好我的事,我别无选择。"

我很好奇西斯金在用什么手段挟制她。西斯金挟制我的手段有两种：第一，他可能会让警方加紧调查富勒的死因，然后拿我当替罪羊；其次，等模拟器完成后，他可能不会允许我用它进行社会学方面的研究。

"既然我们把这事儿说清楚了，"多萝西继续道，语气没有刚才那么严肃了，"那就不会有什么误会了。"她拍了拍我的手，态度比之前更温和，"还有，道格，今后我们还是可以去找乐子。"

我不为所动。因为我还不知道，她究竟在上次的脑电刺激连接过程中从我的内心窥见了多少秘密。

我担心她可能已经发现了我的意图并将其告知了西斯金。因为两天后，西斯金把我召去了集团总部。

加长豪华飞行轿车缓缓降落在一块着陆台上，该着陆台位于集团总部"巴别中心"第一百三十三楼的室外。西斯金亲自在办公室门口等着我。

他搂住我的肩膀，和我一同踏着软如云朵的"瑟尔捷列涅"地毯穿过房间。我们来到一张镶着金边的宽大办公桌旁，他停住脚步，透过一面巨大的窗户看着外面的世界。窗外雾气朦胧，万丈之下的城市在层层叠云中若隐若现，好似一幅邈远模糊的画卷。

他突然开口道："我们用来对付民调员的提案出了点儿问题，国会委员会将其搁置了。本届国会我们恐怕难有作为。"

见西斯金受挫，我差点儿幸灾乐祸地笑出来。面对舆监会的攻势，西斯金想通过立法将民意调查作为公害禁止，但他没能真正威胁到他们。"那帮民调员显然比你想象的更有势力。"

"可我实在想不明白。哈特森向我保证过，他说整个委员会都在他的掌控之中。"

我耸了耸肩,"好吧,你动用过了你的关系了。现在再没什么能阻止那帮民调员罢工了。"

"我不这样认为。"他突然咧嘴而笑,"关于利用'幻世-3'来开创人际关系学的黄金时代,你能就这个观点进行一番详细阐述吗?"

我不太明白他的意思,"我相信我可以。但我从没准备过相关的演讲。"

"再好不过。这样才能表明你说的都是肺腑之言。"

他对着内线电话说道:"请他们进来。"

一大群人走了进来——包括电讯社的摄影师和记者,电视台的摄像师和采访记者。他们聚拢到办公桌周围,把我和西斯金严实地围在一个半圆里。

西斯金举手示意众人安静。

"诚如各位所知,"他说,"'反应'近来受到了来自舆情监测员协会的巨大压力。他们威胁说,除非我们关门停业,让这个国家放弃这个时代最伟大的发明,否则就会举行罢工,制造经济危机。"

他站上一把椅子,对着底下的窃窃私语朗声道:

"行了,我知道你们在想什么!你们在想:这只是一场自卖自夸的噱头而已。不,你们错了!我正在努力挽救我们的模拟器——你们的模拟器——因为它不仅仅是一项商业投资,更是一件工具,一件能为人类开创一个光明而崭新的未来的工具!它能让自原始时代起便一直阻滞不前的人类文明取得飞跃性的进步!"

他等众人领会了他的这番话后,继续道:"现在有请这部社会环境模拟器的幕后功臣——道格拉斯·霍尔,亲自来为大家讲解其中的细节。"

西斯金的策略很明确。倘若他能使民众相信他的仿真电子杰作将为人类带来无尽光明的未来,那就再也没有什么势力能够阻止"反应股份有限公司"了——即便是那帮民调员也不能。

面对镜头,我十分紧张,"这部模拟器,为人际关系学领域的研究提供了一个巨大的机会。富勒博士认为这是千载难逢的良机。"

我顿了一下,突然意识到自己之前忽略了一点:如果说利用民意能够击退舆监会的进攻,那当然也可以利用民意来向西斯金施压,确保那部模拟器能被用于促进人际关系学的发展!等时机一成熟,我完全可以告诉民众,西斯金只会用那部模拟器为其个人的政治野心服务。而到那个时候,民众一定会群情激愤,起来反对西斯金集团!

我继续说道:"我们制造了一部精密的仪器,一部可以分析人类内心世界的仪器!它能够通过人的一系列行为动机和反应,对其进行深入剖析。它能够挖掘出我们内心的欲望、恐惧和梦想。它能够不断往我们的内心深处挖掘,追本溯源,对我们的内心世界进行研究、分析和分类,并指导我们如何面对这些任何人都会有的性格特点。它能够为我们解释偏见、偏执、恨意、执拗等情绪产生的缘由,揭开其中的秘密。通过对一个虚拟世界里的虚拟人的反应进行研究,我们能够绘制出完整的人际关系图表。通过测试那些虚拟人的反应,我们能够从头至尾对所有有害的、反社会的心理倾向进行观测!"

西斯金上前一步,"如各位所见,先生们,霍尔先生谈到和他的专业相关的话题时,总是如此狂热。不过西斯金集团需要的正是他的这种精神。"

"我们可以在'幻世-3'内部,"我继续说道,"设置不同年龄段、不同性别、不同职业的虚拟人,下至孩童,上至老人。然后系统地采用各种方法,用各种能够想到的、可以激发出他们最好和最坏一面的刺激元素来测试他们。人类行为学将因此获得难以置信的发展。"

上述这些话并非我的原创。这些年来,富勒一直在满腔热情地对我发表这些宏论。我只是复述了他的话而已。我现在只希望,我已经像富勒那样,真诚地把这些话表达清楚了。

"这部模拟器,"我总结道,"将为人际关系学指出一条通往'黄金时代'的阳关大道。它将教会我们如何清除人性中残存的动物本能。"

西斯金接过话头,"在你们开始争相提问前,我想先说一些比较现实的问题。首先,我们集团是本着赢利的目的来开发这部模拟器的。但长期以来,我都对此持反对意见。现在,我想倾本集团之所有,来确保霍尔先生的模拟器为我们勾勒出的美好未来能够成为现实。"

很好,先让他表态好了。时机成熟后,我再把西斯金和党的阴谋公之于众。

"'反应股份有限公司',"他郑重地说,"将进行商业运作。虽然我也不想这样,但这是形势所迫。噢,我们的确可以申领政府补助金。但是,先生们,你们一定要明白,这家新成立的伟大机构,并不对任何人承担义务。它必须在不受任何人支配的情况下运转。"

有位记者问:"您说的'商业运作'是指什么呢?"

"很简单,为了实现它造福人类的目标,模拟器必须挣得大笔资金。所以'反应'将接受商业性的行为预测合同,只要能够填补'反应'每年的赤字就行。考虑到我即将给'反应'继续投入的两亿五千万美元资金,这笔钱并不算很多。"

记者团对他的这番话报以热烈的掌声,同时也使"小矮人"西斯金给自己脖子上套的绞索套得更紧了。

接下来的半小时,我们回答了记者的提问。显然,他们的疑问都得到了解答。等记者们走后,西斯金转着圈跳了起来,给我来了个热烈的拥抱。

"你表现得太好了,孩子——棒极了!"他开心地叫道,"我连你的一半都赶不上!"

西斯金的言论第二天立刻成了舆论的焦点。纵观各家报纸、电视台的新闻报道,人情故事专栏、社论文章,无一不支持西斯金。我这辈子还从没见过有什么事能像西斯金的"伟大的人类事业"这样令大众神往。

中午之前,市议会和州众议院便已经通过了赞扬这一伟大事业的决议案。与此同时,国会也正在起草一份共同决议案。

各种新组织以迅雷不及掩耳之势建立起来。当晚,有两个狂热团体分别在两场群体性集会上成立,还都取了看起来非常高大上的名字——"仿真电子撒玛利亚人①股份有限公司"以及"明天——全人类"。这时候,恐怕人人心中都燃烧着一股理想主义之火。西斯金的谎言把所有人都骗了。

舆情监测员协会发觉支持"反应股份有限公司"的民众越来越多,于是谨慎地把他们的示威者人数减至了区区十人。不过即便如此,警方仍然增派了防暴警察,以防支持西斯金的愤怒民众伤害他们。

---

①撒玛利亚,古巴勒斯坦中部城市,以色列王国首都。

至于我自己,我欢欣鼓舞。不仅烦恼已经烟消云散(多亏了柯林斯沃思的开导),而且战胜西斯金和党,似乎也是指日可待。

次日下午,我以一种"我已经完全恢复正常"的姿态,给金克斯打了通视频电话,约她一起吃晚饭。我在通话过程中注意到,西斯金宣扬的崇高事业好像没怎么打动她。尽管如此,她还是接受了我的邀请。不过她似乎答应得很勉强,这让我感到有些不安。

为了确保这次见面能开个好头,我带她来到了"约翰的60年代末"——这是一家独一无二的高档餐厅,餐厅里洋溢着浓浓的复古氛围,正如其广告语所说:"一切原封未动,尽如两代人以前"。

从隔壁厨房里飘出来的菜肴(天然食物,不是那种人造食品)的浓香终于引起了她的注意。在我们等候用餐的时候,她对四周古香古色的陈设布局也渐渐产生了兴趣:桌椅都很简朴,桌子上还搭着古雅的"桌布";灯用的是白炽灯泡;一支弦乐队正在进行精彩的演奏,曲目大概出自他们的摇滚精选集。

一位女侍过来询问了我们的需求,随后端上我们点的菜。这些极其古老的菜品让金克斯彻底爱上了这家餐厅。

"我们真是来对地方了!"看着面前那份用货真价实的绿色蔬菜制作的沙拉,她兴奋地说。

"很好。那以后我们可以常来。"

"对,我也是这么想的。"

她好像有些不自在?她还在担心我的精神状况吗?

我握住她的一只手,"你有没有听说过伪妄想症?"

她茫然地看着我,眉毛微蹙。

"我之前也没有,"我继续道,"直到我和柯林斯沃思谈了之后。他解释说,我之前的那些言辞举动,是因为我和那部模拟器一起工作而产生了心理问题。我想说的是,金克斯,前几天我有些失常。不过我现在已经恢复了。"

她的神态不仅警惕,还有些心不在焉——温柔,美丽,却又冷若冰霜。

"我很高兴一切都过去了。"她敷衍地说道。

这气氛和我预想的简直大相径庭。

主菜都快吃完了,我们也没怎么说过话。最后我终于按捺不住了。

我倾身向前,"柯林斯沃思说,我那些困扰都只是暂时的。"

"我相信他是对的。"她的声音低沉而忧郁。

我伸手想去握她的手,但她把手缩到了我够不着的位置。

我沮丧地说:"那晚我们驾车去兜风,还记得吗?当时你问我想要寻找什么答案。"

她敷衍地点了点头。

"我没想到今晚会搞成这样。"我嘀咕道。

她凝视着我,表情中闪过一丝痛苦和迟疑。

我不解地问:"你不是说过你从未停止过对我的思念吗?"

"噢,道格。我们别谈这个。现在别谈。"

"为什么现在不谈?"

她没有答话。

一开始,我以为她在逃避什么庞大而神秘的组织。后来我觉得她只是在怕我而已。我被她完全搞糊涂了。

她找了个借口,说自己需要补妆,道了声"失陪"后便起身去洗手间了。她走路时的优雅身姿,引得周围的人纷纷投去羡慕的目光。

没过多久,我的双手突然紧握成拳,我一头向前扑倒在桌上,就这样坐了好几分钟,全身瑟瑟发抖,竭力想把自己从那无尽的黑暗边缘拽回来。整个餐厅都在摇晃,视线逐渐模糊,一千条熊熊燃烧的河流正从我的脑袋里奔流而过。

"道格!你没事吧?"

金克斯急切的呼唤声和她抓住我肩膀的手将我从昏迷的边缘拉了回来。

"我没事,"我撒谎道,"头有些痛而已。"

帮她拿外套的时候,我对柯林斯沃思对我说的话产生了疑惑。他当时信誓旦旦地表示,我之前的那些昏厥现象只是心理问题所致。看样子,即便我的精神状况已经恢复正常,这种现象仍然会持续一段时间。

开车送金克斯回家的路上,我始终琢磨着这件事,一直没说话。来到她家门口,我挽住她的双臂,将她拉到我面前。可她却把头别了过去。我感觉她今晚所有的言行,似乎都只有一个目的——令我灰心丧气。

我回头朝飞行车走去。

这时,她的态度却来了个一百八十度的大转弯。她用不确定的语气小声地说道:"我还会再见到你的,对吗,道格?"

等我再转过身来时,她已经进了屋。

我不能让今晚在这种荒谬的气氛中结束。我只需要做一件事——回去找她,然后让她解释清楚今天为什么对我如此冷淡。

我三步并作两步地走到门前,伸手去按门铃。我的手刚要碰到门铃,门却自动打开了。我这才想起,富勒曾经在门锁中录入了我的生物电容。

我站在门口,"金克斯。"

没人回答。

我到客厅和饭厅找了一圈,然后进入书房,"金克斯?"

我到其他房间查看了一番,然后又把整个房子都找了一遍,不管是门后、衣柜里还是床下都找了。

"金克斯!金克斯!"

我冲到后门,摸了摸门上的伺服系统控制器。冷的。这扇门至少半小时内没打开过。

可是金克斯却不见了。我亲眼见她进了屋这件事仿佛只是幻觉。

9

又出现了两种推理都站不住脚的情况。柯林斯沃思确信,患者只要意识到自己得了伪妄想症就能痊愈。要么是他错了,要么是金克斯·富勒真的消失了。

数小时后,我回到自家楼下。我把车停进车库,在公寓楼外那阴森的阴影里漫无目的地徘徊。没过多久,我发现自己走上了低速传送带,正在穿越阒然无声、空无一人的市中心。

我试图解开心中的疑惑,却有些力不从心。消失事件接二连三地发生。如今连金克斯也消失了。莫顿·林奇、一幅画有阿喀琉斯和乌龟的素描、一座本来刻着林奇名字的奖杯、一段与乡村相连并且穿过其中的道路——全都遭遇了同样不可思议的命运。

林奇和那幅素描依然像从未存在过一样。那条道路和乡村却已经恢复了原貌。金克斯呢?她会再次现身,然后让我对自己产生怀疑吗?抑或是我会很快发现,根本就没人听说过她?

临近清晨,我两次从传送带下来,往金克斯家里打电话。每次都没人接听。

搭乘传送带再次穿过空无一人的市中心时,我几乎感觉到有一股可怕的"未知力量",一个潜藏在每一片阴影之中的邪恶"组织"。它正在将我包围,向我迫近。

黎明之前,我又打了三通电话。依旧没人接听,我不禁产生了一种不祥的预感:我可能再也见不到她了。可这到底是怎么回事啊?林奇的消失倒还说得通,因为他的所作所为一直都在得罪那个"未知力量"。而金克斯不同,她一直都坚持认为自己父亲的死只是个意外。

可现在她也消失了。

旭日东升,我在自动售货机上买了杯咖啡,不慌不忙地搭乘传送带前往"反应"。到了公司门口,我发现舆监会的示威者惊惶地挤在静态步行带上。防暴警察正在保护他们免遭支持西斯金的愤怒民众的攻击。

有人举起一根钢管朝民调员扔了过去。一位警察立刻举起他的激光枪。一道深红色的锥形光束从枪口射出,扔钢管的那人随即倒地,暂时失去了行动能力。西斯金的支持者们随即开始撤退。

来到办公室,我绕着桌子又踱了一个小时。终于,多萝西·福特来了。见我今天到得那么早,她惊讶地退了一步,然后继续往衣柜走去。

"要盯紧你可真不容易啊。"她说着从头上摘下小尖帽,动作轻巧,一点也没弄乱她的童花头,"这可不妙,因为'小巨人'可能以为我俩这时正依偎在被窝里呢。"

她关上衣柜门,"昨晚我一直在给你打电话。但你不在家。"

"我——"

"没必要解释。不是我要找你,是西斯金,他想让你今天早点儿来公司。"

"我早就来了。"我冷冷地说,"他有什么事?"

"他不会事事都告诉我。"她朝接待室走去,但半路停了下来,"道格,你昨晚和那个叫富勒的姑娘在一起吗?"

我本来正面对着窗户,听到她这句话,立刻转过身来。这个反应很正常。因为这至少能让我确定,到目前为止,金克斯还没有遭受和林奇相同的命运。她存在过的证据目前还没有被抹去。

我还没来得及回答,西斯金已经走进了办公室。他皱起眉头看着我,叫道:"你看起来就像在脑电刺激室待了一晚上!"

他随即发现多萝西也在场,神情一下子温和了许多。他在我们之间来回看了看。他看我的时候,眉毛微微上扬,好像在对我做着估计。而看多萝西的时候,他的眼神中微微透着赞许,其中还有些淫荡的意味——他在用这种方式告诉多萝西,他对她高效地完成了任务表示满意。

多萝西从他身后走过时,向我耸了耸肩,给我递了个"他在想啥都瞧见了吧"的眼神。

就在她开门时,西斯金叫住了她,"接待室里还有位先生。请他进来好吗?"

"又一个党里的人?"我问。

"不是。他是你的同行,你一定认识他。"

我的确认识。是马库斯·希思。他个子不高,但远没有西斯金那么矮小,身材较胖,却不能说是肥头大耳。他戴着一副很厚的眼镜,令他那对灰色眼眸里的焦虑显得异常明显。

"你好,霍尔。"他说,"好久不见啊,是不是?"

他说得没错。自从大学时出了那事后,我就再也没见过他了。但他总不可能在监狱里蹲了十年吧。我想起来了,他当时只判了两年。

"希思将担任你的助手。"西斯金解释道,"我们将允许他自由出入这里,做任何他想做的事。"

我用严厉的目光打量着希思,"你一直在关注仿真电子学的发展?"

"不只关注,我的研究一直都走在最前列,霍尔。我一直负责巴恩菲尔德的技术工作。"

"我把他挖过来了,"西斯金得意地说,"现在他是我们的人。"

在仿真电子学领域,巴恩菲尔德是唯一一家能与"反应"匹敌的私人研究机构。

我靠在办公桌上,"希思,西斯金先生知道你的底细吗?"

"你是说大学时的那事儿?"西斯金插嘴道,"我当然知道。我也十分清楚,希思只是个替罪羊。"

"希思博士,"我提醒西斯金道,"在那次滥用研究公款案中被判犯有欺诈罪。"

"你不会真信了吧,道格?"希思辩解道。

"你当时认罪了。"

西斯金走到我俩中间,"雇一个人之前不先调查清楚他的背景,我还没蠢到这个地步呢。我已经让手下的人彻底调查过了。希思当时不过替某个人顶了罪。"

"骗人!"我驳斥道,"富勒离开那所大学时,身上连一分钱都没有。"

西斯金露出他那排洁白的小牙齿,"我只是说,我对希思的履历很满意。知道这点就足够了。"

说完这句话,他便带着希思出去了。与此同时,我也明白了西斯金这次人事安排的用意。多萝西·福特肯定已经通过串联脑电刺激回路窥知了我的意图,知道了我打算破坏西斯金和党的阴谋以及阻挠西斯金的政治野心。

而现在,西斯金准备在没有我的情况下继续推进他的计划。他一定是让希思来尽其所能地学习。接下来,他必然会动用自己的关系,让警方以涉嫌谋杀富勒的罪名逮捕我。

临近中午时,内线电话的铃声响了起来,一位胖老太太突然出现在屏幕上。显然,多萝西没在她的办公桌前。

"注册舆情监测员,编号10421-C。"老太太开口道,"我正在调查关于——"

"我会交罚款的。"我粗鲁地打断她,然后挂断了电话。

铃声又响了起来,我啪的一下拨回开关,"我说过我会——金克斯!"

"早安,道格。"她说。从她背后的场景可以看出,此刻她正在富勒博士的书房里,房间也收拾得很整洁,"我必须给你打个电话。我知道我昨晚的行为很反常。"

"金克斯!到底发生什么事情了?你跑到哪儿去了?怎么会——?"

她眉毛一蹙,露出了不解的神情。抑或是担心的神情?

"昨晚你进屋后,我也跟着进去了,"我说道,"可你不在里面。我把整座房子找遍了都没找到你!"

她莞尔一笑,"你应该再找仔细点儿。我当时累坏了,一头倒在沙发上睡着了,所以你才没找到我。"

"但我在沙发那儿找过的!"

"那你肯定没看清楚。"她对此付之一笑,"说到昨晚,我当时很担心你的状况。但现在我不担心了。我反复想了很久。你瞧,我等了那么多年。而前几天我一直很失望。"

我靠回椅背,端详着显示屏上的她。

"其实我想说的是,"她继续道,"我真的爱你。"

她顿了一下,然后问:"我们今晚见?"

"今天我要忙到很晚。"我撒谎道。

"那我到时候来办公室接你。"

"可——"

"别说了。我会在那儿等你的,等一晚上都没关系。"

我没再多说什么。挂断电话后,我绞尽脑汁想为刚才发生的事给出一个合理的解释。她昨晚的言行已经让我相信,她怕我,打算不再见我了。可现在她又准备接受我了,即便我刚才的表现足以让她更加担心我的精神状况!

可话又说回来,要是她真的消失过,那她到底去哪儿了?这十二个小时里她又做了些什么?

还有,她显然根本没在逃避什么"邪恶组织"。假如真有这么个组织抓走了她,却又被她逃脱,她刚才肯定不会一副若无其事的样子。

这天下午,我盯着公司的自动贩售机里的一杯冷咖啡,看了整整半个小时。我想说服自己,金克斯的消失只是我的又一个幻觉而已。

"你好像在想什么深奥的问题。"

我吓了一跳,抬头一看,发现是查克·惠特尼。我随即意识到,他已经在我旁边站了好一会儿。

"只是些工作上的小问题。"我敷衍道。

"有个叫希思的家伙一直在信号发生室缠着我,怎么都撵不走。"

"别费这劲了,你会惹西斯金生气的。但他要是妨碍到你了,给我说一声。"

"说的就是这个。我正准备跟我们的'情报员'进行一次共感连接,但希思想近距离地看我是怎么操作的。"

"恐怕你不得不照他说的做。"

他大惑不解,"你想让我把这套系统的运作详情都告诉他?"

"别主动告诉他。但他要是提出什么问题,我想我们也只能回答。为什么要和阿什顿进行共感连接?"

"我得看看他是不是还像之前那么痛苦。"

十分钟后,我回到了自己的办公桌前。我呆呆地盯着桌上的记事本,随后拿起一支笔,机械地在本子上画起了富勒的那幅阿喀琉斯和乌龟的素描。

画完以后,我任手中的笔从指尖滑落,审视着这幅信笔涂鸦之作。"芝诺"指的就是"C.诺",这点毋庸置疑。我正打算去找高·诺的时候,他就被惠特尼删除了,这件事更加印证了这一点。

芝诺悖论最核心的观点,是一切运动皆为假象。我很快便意识到,在仿真电子世界里,一切运动的确皆为假象。

这张素描会不会另有深意?阿喀琉斯和他身前一百英尺处的那只乌龟都在向前运动。然而,当那位希腊人跑完那一百英尺后,那只乌龟也同样向前爬了,比方说,十英尺。而等阿喀琉斯跑完那十英尺,他的赛跑对手又再往前爬了一英尺。然后,等阿喀琉斯迈过了这一英尺,却发现那只乌龟又往前移动了十分之一英尺。如此循环往复,永无止境[①]。

阿喀琉斯永远也追不上那只乌龟。

富勒的素描是在暗指永无止境这个概念吗?这时,我猛然

[①]原文为拉丁文"ad infinitum"。

想起富勒几个月前对我说过的一句话：

"要是忽然有一天，我们模拟器里的某个虚拟人也决定造一部社会环境模拟器，不是很有趣吗？"

办公室的侧门突然被人打开，门撞上墙后才停下来。我转过身去，想看是谁用这么大的力气开门。

惠特尼气喘吁吁地站在门口，绝望地看着他身后的走廊。

"查克！"我喊道，"出什么事了？"

他被我吓了一跳，立刻瘫靠在了墙上。然后，他慢慢放松呼吸，迷离的目光渐渐稳定。很明显，他在竭尽全力让自己镇静下来。

"没什么，霍尔先生。"他轻手轻脚地向通往接待室的门走去。

惠特尼从没叫过我"霍尔先生"。

我上前一步向他走去，他的眼中瞬间燃起了一股恐惧之火，拔腿便向门口冲去。我全力冲刺，抢先一步来到门口。他咒骂着挥拳向我击来，我迅速俯身，躲过了这记勾拳，同时抓住他的手腕，把他的胳膊扭到了身后。

"放开我！"他咆哮道。

一切瞬间明了。

"菲尔·阿什顿！"我低声道。

"没错。"他的身子软了下来，"我几乎成功了。天哪，我几乎成功了！"

他突然挣脱，再次朝我扑来，又是挥拳又是舞爪。我拼尽全力地回击，没多久便一拳将他打翻在地，然后把他瘫软的身躯拽到了沙发上。

我立刻回到桌前，用内线电话向"窥测"室呼叫。

惠特尼的一个助手出现在显示屏上，从他身后的画面可以看到那张刚刚使用过的沙发和那顶头盔，"有何吩咐，霍尔先生？"

"你们那儿出什么事了吗？"

他想了一下，"没有，先生。为什么这么问？"

"惠特尼呢？"我看了一眼查克——实际上是看了一眼他的躯体——他还躺在沙发上，仍处于昏迷之中。

"不在。他刚刚完成和阿什顿的共感连接，然后就离开了。"

"退出连接后，他的言行举止正常吗？"

"一切正常，我觉得。"然后他又说道，"哎呀，他还没有录制他的报告！"

"还有什么反常的事吗？"

他看起来有些困惑，"我们和希思发生了一点小摩擦。他一直在调制器的控制面板前指手画脚。"

"他不只是指手画脚了。他肯定乱动了增益控制键，触发了倒易传输。阿什顿已经跑到我的办公室来了，而惠特尼则被困在了那个虚拟世界里。你带几个人到我这儿来——马上！"

我站在阿什顿面前，端详着惠特尼的憔悴面容，心里不住祈祷稍后的倒易传输能够成功。惠特尼脑细胞中的分子结构已经发生了翻天覆地的变化。他的意识——存在了一辈子的意识——已经被一扫而空，被冲进了那位"情报员"的存储磁鼓和磁带中。而与此同时，阿什顿的回路中的所有数据已经涌入了惠特尼的脑细胞。

只有成功进行倒易传输，才能救回惠特尼。

阿什顿微微动了一下,然后睁开了他的——其实是惠特尼的——眼睛。

"我几乎成功了,"他啜泣道,"我迈出了第一步。"

他摇摇晃晃地站起身来,"你不能把我送回到下面!"

我抓住他的肩膀,稳住他的身子,"一切都会没事的,菲尔。我们将废除这套'情报员'体制。我们将重设你的程序。你以后再也不会知道你的世界只是虚拟出来的了。"

"噢,天哪!"他哭喊道,"别这样做!我不想对真相一无所知!可我也不想知道真相啊!"

我把他摁回到沙发上,但他马上又跳了起来。

"来到这上面,"他咆哮道,"我离真正的现实又近了一步!你一定要让我继续往上走,让我找到那个真正的世界!"

"此话怎讲?"为了安抚他,我顺着他的意思问道。要是我不好好引导他渡过这一难关,他的精神可能会彻底崩溃,然后我们就不得不把他从模拟器里删除。

他歇斯底里地笑了起来,"你这愚不可及的蠢货!你比我还可怜。连我都知道了真相,你居然还不知道!"

我摇了摇他的肩膀,"快醒醒吧,阿什顿!"

"不!你才该醒醒吧!你才该从这渺小的幻境里清醒过来!我之前对你们撒了谎。在你们删除高·诺之前,我确实和他谈过。但我没告诉你们,因为我怕你们听了之后会失去理智,然后毁了你们的模拟器。"

我心中一凛,"高·诺对你说了什么?"

"你还不知道他是怎么发现他的世界只是虚拟出来的,对不对?"阿什顿得意地狂笑起来,"因为那是你的富勒博士告诉他的。噢,当然不是直接告诉他。富勒只不过是把信息植入了高·

诺的潜意识,他希望你能从中找到这条信息。可是,这条信息却从高·诺的次级存储磁鼓里泄露了出来。而高·诺却以为这条信息指的是他那个世界。"

"什么信息?"我着急地问,又摇了摇他的肩膀。

"你这个世界其实也不存在！你这个世界,只是由一部模拟器里的无数可变电荷组成的——只不过是一个更宏大的仿真电子模拟器运行的产物！"

他又哭又笑,而我呆立在原地。

"子虚！乌有！"他狂吼道,"你和我,我们根本不存在。我们只不过是电子魔法的杰作,仿真电子的幻影！"

他又站了起来,"别把我送回下面！我们一起努力吧。说不定我们最终能够进入上面那层真正的世界！我现在不是已经上来一层了吗？"

我再次给了他一记重拳。我打他这下并不是因为怕他逃跑,只是因为他讲的这个无比讽刺的事一时让我难以接受。我茫然地盯着躺在地毯上一动不动的查克·惠特尼的身躯,而在我的内心深处,有一个理智的声音正在朝我呐喊咆哮:这一切都是真的。

一切正如阿什顿所说。

我,我身边的一切,我呼吸的每一口空气,我所在的宇宙里的每一个分子——全都是虚拟的。我身处的这个世界,只是由某个更加宏大、绝对存在的世界虚拟出来的。

10

　　这个残酷的事实彻底粉碎了我的世界观。我这个世界的芸芸众生、万事万物,周遭的每一段墙垣,脚下的每一寸土地,浩瀚宇宙中的每一颗星星——都不过是被精心制造出来的。这是一个模拟现实环境的世界;这是一个由电子组成的仿真世界;这是一个充满了虚无缥缈的幻象的世界;这是一个由于无数电子电荷协调运行、相互作用而形成的世界——受到偏压电流的刺激,电子电荷从存储磁带和磁鼓中飞速释出,从阴极流向阳极。

　　面对这个忽然变得无比骇人、充满敌意的世界,我站在原地,瑟缩不已,木然地看着惠特尼的助手们来到办公室,把他那具不省人事、被阿什顿占据的身体拖走。稍后,他们成功地进行了复位传输。而在整个过程中,我只是呆立一旁,仿佛被施了定身法一般。

　　我昏昏沉沉地回到了办公室。一路上,那个可怕的事实像一层浓雾般笼罩着我。富勒和我创造了一个几近完美的虚拟世界,里面的虚拟人绝不会知道他们的世界只是无形无实的虚拟世界。殊不知自始至终,我们自己的世界也不过是由一个上层世界创造出来的仿真电子产物。

这就是富勒无意中发现的那个重大秘密。结果,他被除掉了。但是他留下了一幅"阿喀琉斯和乌龟"的素描,还设法让林奇也知道了这个秘密。

自那以后发生的所有怪事,都是上层世界的"仿真电子模拟器操作员"为了掩盖富勒的发现而对模拟器的程序进行改写所致。

现在我终于明白,金克斯之前为什么表现得那样异常了。她从自己父亲的笔记中——笔记后来被她销毁——知道了这个世界的真相。她明白,只有把秘密藏在心里,才能保住性命。但即便如此,她还是和其他虚拟人一样,被上层世界抹除了所有关于林奇的记忆。

然后,就在昨天的某个时刻,他们发现金克斯也知道了真相。他们暂时将她退出了程序。他们断开了她的回路,利用昨晚的时间专门改写了她的程序!

这便是今早她和我通电话时显得如此无忧无虑的原因!因为她再也不用担心自己会被上层世界删除,再也不会为此而终日惶惶不安了。

可是,我百思不解地问自己:林奇消失后,所有与他相识之人的记忆都被抹除了,为什么他们偏偏放过了我呢?

我拨开额前散乱的发丝,凝视窗外这个虚拟世界。我感觉这个世界正在朝我尖声咆哮,咆哮着说我眼前看到的一切,只不过是仿真电子的幻象。我的目光四处搜寻,希望找到什么东西能够冲淡这个残酷的现实。

可就算这是一个真实存在的世界,不也只是沧海一粟吗?在一片浩瀚无垠、绵延达数百亿光年的虚无之海中(这片虚无之海一直延伸至最遥远的星系中最远的那颗星），遍布着无数叫作"物质"的渺小颗粒。而物质本身其实和恒星、行星以及星系之间的无尽虚空一样，也是无形无实的。总之，物质由"亚原子"粒子构成，而"亚原子"粒子其实也只是无形无实的"电荷"。这和富勒博士的发现——这个世界的物质和运动只不过是上层世界的模拟器中无数电子电荷运行的产物——难道有什么本质区别吗？

员工专用通道的门被人打开，我立刻转过身来。

柯林斯沃思站在门口盯着我，"今儿刚过中午那会儿，他们救查克的时候，我一直在观察你。"

今儿刚过中午那会儿？我向窗外看去，发现天色已暗。我已经在自己的思绪中挣扎了好几个小时。

他来到我面前，一脸关切地看着我，"道格，是不是又有问题困扰你了？"

我下意识地点了点头。或许我的内心希望得到他的帮助，哪怕一点点都行，就像他之前帮我的那样。但我立刻压住了这股冲动。天哪，我不能告诉他！要是我告诉了他，下一个消失或遇害的可能就是他了。

"不！"我几乎吼了起来，"一切都很好！让我自己静一静吧。"

"好吧，那就按我的方式来谈。"他拉过来一把椅子，"那晚我们在我的书房谈话时，我是这样推测的：由于操纵着那些自认为是真实存在的虚拟人，你的内心产生了一种强烈的负罪感。后来我对此又思考了一番，思考这种负罪感会如何进一步演变。"

灯光照在他那头浓密的白发上，令他的模样显得非常和蔼，"通过推演，我知道你将产生什么样的执念——说不定你已经产生了。"

"嗯?"我抬起头,产生了一丁点儿兴趣。

"接下来你会开始相信:有一个上层世界的仿真电子学家操纵着你——操纵着我们所有人,正如你操纵着你那些虚拟人一样。"

我从椅子上一跃而起,"你知道了!你怎么发现的?"

他只是得意地笑了笑,"道格,重点在于——你又是怎么发现的?"

虽然知道这样做会将柯林斯沃思也置于危险之中,我还是把阿什顿如何进入查克·惠特尼的身体,如何闯入我的办公室以及对我说的那些话,都一五一十告诉了他。我必须要找个人诉说。

等我说完后,他眯起了眼睛,"太新奇了。我肯定想不出比这更好的自我欺骗的方式。"

"你的意思是,阿什顿没对我说过,这个世界只是一个虚拟世界?"

"还有其他人能证明他说过这话吗?"他顿了一下,"你所有的遭遇都有一个共同点,即都无法证明其真的发生过。你难道不觉得这很蹊跷吗?"

为什么他想推翻我之前做出的每一条合理推论?他是不是也发现了富勒的"重大秘密"?他是不是为了我的安全,正将我引回之前对真相一无所知的状态?

更重要的一点是,如果他和金克斯都无意间发现了那个致命真相,为什么金克斯被抹除了这部分记忆,而他却没有呢?

我随即恍然大悟:柯林斯沃思只是认为,我对这个世界的本质产生了怀疑,但他并不相信我的看法。这便是他的记忆没有被抹除的原因。

但我并没有摒弃那个致命真相,可是我却坐在这儿——没有被删除,没有被改写程序。这究竟是为什么呢?

柯林斯十指交叉,若有所思,"你自圆其说的过程太慢了,道格。现在连我都可以帮你的伪妄想症再提出一个合理的解释。"

我抬头看着他,"什么解释?"

"你还没有用合理的说法来解释你那些晕厥现象。"

我想起了最近突然发作的几次眩晕。这几次发作几乎令我失去意识,但我最后还是扛住了,"怎么解释?"

他耸了耸肩,"要是让我来为你的幻觉自圆其说,我会说那些晕厥现象是一个上层世界的仿真电子模拟器操作员在和我进行共感连接时产生的副作用。这是一种失调共感连接。你在你自己的模拟器里也见过这种事。那个虚拟人渐渐发现了真相。"

我惊得合不拢嘴,"没错,埃弗里!就是这么回事!这就是为什么我还没有被删除的原因!"

他咧嘴一笑,露出了一副高傲的、"我可没这么说"的表情。他耐心地说:"嗯,道格?继续说。"

"这个解释让一切都说得通了!我最后一次眩晕发作就发生在昨晚,我当时差点儿失去意识。你知道我当时脑子里想的是什么吗?我当时已经彻底相信了你对我说的那些话,即我之前遇到的那些事只是我的幻觉而已!"

柯林斯沃思点了点头,却不无讽刺地说:"于是上层世界那位'至高无上的仿真电子学家'明白,他再也不用煞费苦心地去改写你的程序了?"

"完全正确!由于我对自己产生了怀疑,这相当于我改写了自己的程序。"

"根据这一连串似是而非的逻辑推论,你接下来又会做出什么合理的推论呢,道格?"

我想了一下,然后肯定地说:"在他再次对我进行检查,看我有没有重拾前段时间的执念以前,我都将安然无恙!"

他得意地拍了下大腿,"就是这个。现在你应该有所察觉了吧!你还没有完全丧失理智,你已经承认了自己最好在走火入魔之前悬崖勒马。"

"我知道我看到了什么!"我反驳道,"我知道我听到了什么!"

他的遗憾之情溢于言表,"随你便吧。我恐怕已经帮不了你了。"

我走到窗边,望着夜空中漫天闪烁的夏日繁星,望着我无比熟悉的那些永世不变的星座。

虽然此刻我正仰望着距我数百光年、数千万亿英里之遥的星辰,但假设我能测量出我所在的这个宇宙的真实体积(因为这个宇宙实际上是在一部仿真电子设备之中),我最后会不会发现,宇宙万物其实都被压缩在了上层世界的某栋建筑里呢?用那个世界的衡量尺度来计算的话,说不定这栋建筑只有两百英尺长、一百英尺宽。

那儿是大熊座。但假如我的眼睛能透视这些幻象,我看到的会不会只是一台信号发生器?那儿是仙后座?抑或只是一台庞大的数据处理器?旁边是仙女座?或者说只是一台数据分配器?

柯林斯沃思将一只手轻轻放到我肩上,"你仍然能渡过这一关,道格。你只需让自己明白,你的那些执念是多么离谱。"

他说得不无道理。我只需说服自己相信,菲尔·阿什顿对我进行的那番讽刺,以及他轻蔑地坚称我的世界只是一个仿真电子世界这件事——都只是我的幻觉,我就能够渡过这一关。

"我做不到,埃弗里。"我最后说道,"这一切都吻合得天衣无缝。阿什顿确实对我讲了那些话,而他讲的那些话正是富勒深藏在他的模拟器里的那个秘密。"

"那好吧,孩子。"他的肩膀耷拉下来,"要是我无法说服你,那就让我帮你尽快进入最后一个阶段吧。"

我大感不解地看着他,他继续道:"你的下一步行动不难推测。鉴于你会花三到四天时间才能想到这一步,那就让我来帮你节省这几天的时间吧。最后你将得出一个结论。如果这是一个仿真电子世界,你会这样告诉自己,那一定有某个知道真相的人在为上层世界工作。"

"就像我们让阿什顿担任'情报员'那样!"

"没错。而你迟早会发现,验证你那些猜疑的最终方法,就是揪出这个世界的菲尔·阿什顿。"

我立刻明白了他在暗示什么。上层世界肯定专门安排了一位虚拟人,来密切留意这个世界的最新动态。因为除非到了例行检查数据整理器的时候,否则这些动态一般不会引起他们的注意。假如我能找到这位"情报员",或许就能从他口中得到一个明确无误的答案。

可是然后呢?然后我就放虎归山吗?放任他下次和上层世界的"操作员"取得联络时,把我知道真相的事供出去吗?我马上意识到,光是找到这位"情报员"还不算完。为了自保,我一旦发现了他,就得立刻杀了他。

"那么,"柯林斯沃思严肃地说,"去找你的'情报员'吧。还有,祝你有所收获,孩子。"

"可任何人都可能是那个'情报员'啊!"

"这是当然。但假如真有这么一个人,那他肯定就在你的身边,不是吗?为什么这么说?因为你声称遭遇的那些怪事,全都是针对你一个人的。"

很多人都有嫌疑。西斯金?多萝西·福特?林奇消失的那一刻她就在现场!事态变得严峻起来以后,她还被派到我身边来,对我进行严密监视!查克·惠特尼?为什么不是他呢?他不是也承认了吗,当调制器里的铝热炸弹爆炸时,只有他一个人在附近?抑或是那个即将取代我在"反应股份有限公司"的职位的马库斯·希思?甚至可能是韦恩·哈特森?他们出现的时间都很巧,都是在上层世界发现有必要对我进行更加密切的监视时出现的。

金克斯?肯定不是她。因为她的遭遇和他们让我遭受的一切如出一辙。

那埃弗里·柯林斯沃思呢?我怀疑地看着他,而他也猜到了我的内心想法。

"没错,道格,"他说,"甚至可能是我。如果你要彻底调查的话,无论如何都要把我包括在内。"

他说这话是真心的吗?他真的预见了我的妄想症将使我采取哪种行动吗?还是说,他只是在为某个不可告人的目的而对我耍花招?他是在引导我的行为,让我循着某条轨迹走下去吗?

"甚至可能是你。"我意味深长地重复道。

他转身向外走去,但走到门口时又停住了,"当然,稍后你肯定会发现,在进行调查的时候你必须假装一切正常。你可不能逢人就指控别人是'情报员'。因为假如你之前的分析没错,你这样做很快就会被上层世界删除。你说是吗?"

我没答话，只是默默地看着他关上了门。他说得没错。至少在那个"操作员"决定再次和我进行共感连接之前，我都是安全的——只要在此之前我没引起他的注意。

从那群轮值夜班的民调员示威者面前经过，向停车场走去的时候，我并未感觉到夜的微凉。我内心的冷静，或者说理智，几乎已经丧失殆尽。上层世界的人只需拨一下开关，一场突如其来的电荷中和就能使我四周的建筑和苍穹之上的繁星灰飞烟灭。而我也将随世间万物一道烟消云散。

快到停车场时，我想到了人类的种种微不足道的价值观念、行为方式、雄心壮志、憧憬嘉愿和阴谋诡计。我想到了西斯金，他妄图掌控世界，殊不知这个世界就像他周围的空气一样虚无。我想到了舆情监测员协会，他们拼死拼活地试图摧毁西斯金的模拟器，却不知自己和这部模拟器里的虚拟人一样虚无。想到这些，我不禁笑出了声。

但我主要还是在琢磨上层世界里那位"至高无上的仿真电子学家"，那位超出我认知的"无所不能的上帝"。他此刻肯定正高高在上、无忧无虑地坐在一间巨大的数据处理室里，坐在他的"超级模拟器"前，分配和整合着刺激元素，对他的虚拟人进行着测试。

Deusexmachina。[①]

一切皆为假象。在这个众人皆醉的虚幻世界里，一切努力都注定失败，一切事物都微不足道。

[①]拉丁文，译自希腊语"theosapomēkhanēs"，即"godoutofamachine"，意为解围之神，或者从机关中跑出来的神。在古希腊、罗马戏剧中，有时会用舞台机关降下一位扮演神的演员，为陷入胶着的剧情或陷入困境的主角解围。

"道格!"

我警惕地后退了一步,眯起眼睛盯着一辆飞行车。声音是从车里传来的。

"道格,是我,金克斯。"

我随即想起,早上通电话时,她执意要来公司见我。我忐忑不安地走了过去。她探过身来,打开我这边的车门,车内照明灯随之亮起。

"你看起来真的累坏了。"她笑着说道。

我这才意识到,我已经有两天没睡觉了。我顿时感觉身心交瘁,甚至对今天发生的这不可思议的一切都有些麻木了。

"我这个下午过得很糟。"我一边说,一边爬进飞行车,坐到了她旁边的座位上。

我注视着她的脸庞,立刻发现了她的巨大变化。过去这几天,我只是觉得她楚楚动人。现在我确定,她真的非常漂亮。这些天来,她一直被骇人的秘密困扰,那张美丽的脸上始终布满了愁云。现在她显然已经解脱,不再困扰。她脸上的愁云已经烟消云散,取而代之的是无尽的柔情。

"这样的话,"她说话的时候露出了调皮的笑容,让我想起了她十五岁时拥有的那股活力,"我们就取消一号计划,改用二号计划吧。"

飞行车摇晃着飞速驶向云霄,城市的绚烂灯火渐渐向我们四周铺展开去,这种感觉令我昏昏欲睡。

"我们本来要去那家小餐厅,"她解释道,"不过今天还是算了。你得回家好好歇一晚。"

我必须表现得非常自然,就像柯林斯沃思建议的那样。如果他们突然对我进行监测,我必须要让他们相信,我依然和其他人一样,对这个世界的真相毫不知情。即便是现在,上层世界的那位"操作员"也很可能正通过金克斯的眼睛审视着我,通过她的耳朵倾听我说的话。

"听起来不错,"我用稍显夸张的语气赞成道,"看来今晚我们可以提前感受一下家庭的温馨了。"

"哎呀,霍尔先生!"她羞涩地说,"你这话听起来就像在暧昧地求婚似的。"

我靠近她,握起她的手,轻轻抚摸起来。假如那位"操作员"正在观察我,那我有十足的把握,他一定不会对我的行为起疑心。

她搭配了一顿清淡的晚餐,都是些家常便饭。我们在厨房里就直接开吃,仿佛彼此已经习惯了这种家人之间不拘礼节的感觉。

吃饭过程中,我只有一次陷入沉思。有一件悬而未决的怪事仍然令我耿耿于怀:在发现我可能知道了富勒的"重大秘密"后,他们为什么不改写我的程序呢?他们十分谨慎地改写了金克斯的程序,删除了她记忆里和那个不能知道的秘密有关的所有数据。可是他们却没有阻止她与一个可能会重新让她发现那个致命真相的人——也就是我——接触。

"道格,你一定累坏了吧?"

我集中起注意力,"我想是的。"

她拉起我的手,带我来到书房,向一张看上去很舒适的皮沙发走去。我躺下来,把头枕在她的大腿上,她用手轻轻地揉着我的太阳穴。

"我可以给你唱首轻快的歌儿。"她开起了玩笑。

"你在唱,"当然,我是在特意做给某人看、说给某人听,"你说话的时候就像在唱歌。"

望着她的秋水灵眸,我不知不觉卸下了自己的伪装。我抱住她的头,将她轻轻拉近,吻上了她的柔唇。这一刻,就是永恒。这一刻,什么仿真电子学,什么上层世界,什么"全能的操作员",什么虚无缥缈的世界,通通被我抛在了脑后。这一刻,我感受到了真实,我在一片怒海狂涛中找到了心灵的寄托。

睡意终于向我袭来。但我睡得并不安稳,因为有一层阴影仍然笼罩着我。我担心没等我揪出"情报员","操作员"就会再度潜入我的内心,对我进行检查。

11

翌日早晨去"反应"的半路上,我决定改变行程,于是在飞行车的控制面板上重新输入了一个目的地。飞行车在进行一番定位后,随即向宏伟参天的"巴别中心"驶去。这座气派威严的大厦高耸入云,马勃①状的云层围在其腰间,仿佛一条襞褶短裙。

我感觉到了一丝自豪,因为我还没有像高·诺那样在知道真相后便精神崩溃。在金克斯的书房里醒来时我还在想,有没有办法把富勒的"重大发现"深藏在心底——深到即便"操作员"和我进行共感连接时也不会被他发现的地步。

可是,在知晓真相的情况下,我还能回到过去的正常生活吗?难道我就这么逃避现实,无论上层世界为我安排什么样的命运,我都逆来顺受吗?当然不行。我必须找到这个世界的"情报员"。而西斯金,就是我进行调查的最佳起点。

飞行车进入了悬停模式,等着另外两辆车从"巴别中心"的着陆台升空并驶离。

我不知不觉望向城市东面那片被薄雾笼罩的乡村地区。我

---

①一种球形菌类。

想起那晚我开着车,和金克斯抵达了一片无尽虚空的边缘——还见证了对面那片世界的形成。我现在才发现,这又是一件无法解释的怪事。除非——

没错!一个仿真电子世界的逼真度取决于格式塔原则——用足够数量的部分的特性来反映整体的特性。对整体的认知大于对部分的认知之合。那晚缺失的那部分乡村区域,只是这个世界里的某个"罅隙"而已。通常情况下,虚拟人都不会遇到这些罅隙。

即便在富勒的模拟器中,也可能会出现某个虚拟人偶遇一处未完工的"场景"的情况。不过,这种情况会触发系统的程序自动改写回路。这些回路不仅会立刻"造出"那些必要的场景,还会把这件事从该虚拟人的记忆中抹除。

由于我的缘故,那条道路和那片乡村区域当即就被系统"填补"上了。可事后上层世界为什么没有改写我的程序,让我相信一切都是正常的呢?

飞行车降落后,我沿着一条两旁都是树篱、直通西斯金办公室的石板路往前走去。他的接待员用一种高高在上的眼光打量了我一番后(西斯金集团"核心圈"的人对来自"非核心圈"的人通常都会投以这种眼光),才为我进行了通报。

西斯金亲自从办公室里大步流星地走出来。他挽住我的胳膊,将我领进屋里。然后,他兴高采烈地坐到桌子的边沿上,两腿不停地晃悠。

"我正要给你打电话,"他说,"你在我们的模拟器里创造那个虚拟西斯金的时候,不必对他进行过多的美化了。因为我已经成为党中央委员会的一员了!"

见我并没有因为听到此事而惊讶得瞠目结舌,他似乎有那么一丝失望。但他没有泄气。

"还有,道格,已经有人预测,说我很有机会坐上党主席之位!"

他意味深长地继续道:"当然,我不会就此满足。你知道,我已经六十四岁了。人不可能长生不老,所以我得加紧实施我的计划了。"

我把心一横,走到他跟前,"行了,西斯金。你可以把你的面具摘下来了。我已经知道了!"

他大吃一惊,在我严厉的瞪视下向后退缩。他张皇失措地看了眼内线电话,又抬头看了下天花板,最后将视线回到我身上。

"你知道了?"他的声音正如我预想的那样在发颤。在我的预想中,"情报员"被我质问时的反应就是他这样。

"你该不会以为我会一直被蒙在鼓里吧?"

"你怎么知道的?希思告诉你的?多萝西?"

"他俩也知道这事?"

"得了吧,他们能不知道吗?"

我的手指不安地颤抖起来。我必须落实清楚。然后我得在他向上层世界的"仿真电子模拟器操作员"报告前杀了他。

"你的意思是,"我问,"有三个'情报员'?"

他扬起一边眉毛,"我们到底在说什么啊?"

现在我也有些拿不准了,"我想该你来告诉我吧。"

"道格,我必须这么做——我这是为了自保。你肯定也明白这一点。多萝西告诉我你打算背叛我和党,我不得不采取反制措施。"

我长舒一口气。我们说的根本就不是同一件事。

"没错,我让希思进'反应',"他继续说道,"就是为了以防万一,万一你不听话而我不得不开除你之后,他可以继续你未竟的事业。我这么做完全是为了维护我自己的利益,这你总不能怪我吧。"

"不会。"我敷衍道。

"我说过我很欣赏你,我没骗你。不过很遗憾的是,你在每件事情上的看法都和我不同。不过现在还不算太晚。我刚才已经说了,希思只是我最后的王牌。我不希望真的打出他这张牌。"

我对他说什么已经失去了兴趣,于是掉头朝门口走去。我这下明白了,要找到这个"情报员",绝非我想的那么简单。

"你要干什么,孩子?"他跟在我身后,温和地说道,"别做傻事啊。我手上可是有很多关系的。我可不想动用这些关系来——对付你。"

我转过身来看着他。现在证据已经更加明显,他肯定不是"情报员"。假如他是的话,我们一开始那段模棱两可的对话,应该早已让他现出了原形。此外,作为一名"情报员",他肯定体会过那种无比绝望的滋味,肯定已经万念俱灰,整个人应该是一种沉默寡言、看破红尘的状态。西斯金?他绝对不是。他依旧如此热衷于物质——财富,依旧占有欲十足,依旧野心勃勃。

"我还没有放弃你,道格。你能否复职,完全取决于你自己。只要你一句话,我可以马上让希思,甚至是多萝西走人。你只需要证明你已经改变了对我的看法。"

"怎么证明?"我随口问道。

"和我一道去见我的心理公证人,让他彻底调查并确认你的内心想法。"

为了能马上离开这儿,我只好勉强地说:"让我考虑一下。"

回"反应"的路上,我稍微梳理了一下刚才在西斯金的办公室发生的事。显然,他只是在用缓兵之计。他承诺原谅我,只是为了让我打消把他的政治阴谋向公众曝光的念头。

可假如我真的对他构成了威胁,他为什么不动用他在警方的关系,让警方以谋杀富勒的罪名逮捕我呢?诚然,那样一来,我和富勒共同为模拟器制订的许多改进计划将无法继续。但他现在也一定明白了,即便不做进一步改进,模拟器也完全有能力为他规划出万无一失的政治策略。

没过多久,当飞行车开始沿着离"反应股份有限公司"最近的那条垂直导向光束降落时,一个新的令人不安的念头又使我紧张起来。到底是西斯金在操纵警方——来阻止我背叛他?还是说警方其实已经不知不觉成了上层世界的傀儡?而一旦"操作员"发现我知道了这个世界的真相,他就会操纵警方以谋杀富勒的罪名逮捕我?

我痛苦地靠回椅背。我在两个世界的暗算下无助地彷徨,苦苦地挣扎。我已经被搞得晕头转向,根本无法分辨这些暗算究竟是来自这个世界,还是来自上层世界。

我还得始终保持冷静。因为一旦让他们发现我已经知道上面存在一个真正的世界,我可能立刻就会被删除,消失得无影无踪。

回到"反应",我发现希思正坐在我的办公桌前,哗啦啦地翻阅着两摞他从抽屉里翻找出来的备忘录。

我关上门后,他抬起头来,透过一副双光眼镜看着我,犀利的目光中没有丝毫不安。显然,他并不觉得自己被逮了个正着。

"什么事?"他不耐烦地说。

"你在这儿干什么?"

"现在这里是我的办公室了。总部直接下的命令。你暂时先去信号发生室,惠特尼先生会为你安排一张办公桌。"

我当然不在乎这种微不足道的小事,于是转身便走。但走到门口时,我迟疑了一下。现在正是搞清楚他到底是不是"情报员"的天赐良机。

"你到底想怎么样?"他烦躁地问道。

我回到办公桌前,一边审视着他那张冷峻的面孔,一边思考我到底存不存在。但我随即便摒弃了这个完全不合时宜的念头。我必须存在!笛卡尔的那句哲语也充分证明,我不该怀疑自己:

Cogitoergosum:我思,故我在。

"别浪费我的时间,"希思不悦地说,"我们马上就要向公众展示模拟器了,我得在一周之内做好准备工作。"

我扫开心中的犹豫,开门见山地说:"你不用演戏了。我知道你是另一部模拟器那边派来的间谍。"

他的面容依旧冷峻。但我看得出来,他的内心其实已经掀起了汹涌的波涛,因为他的眼中突然闪现出一股杀气。我猛然意识到,此刻他很可能正在与上层世界的那位"操作员"进行着共感连接!

他平静地问:"你刚才说什么?"

他想让我再说一遍,说给"操作员"听!我再不动手就晚了!

我冲向桌子对面,想要抓住他。但他迅速朝后一退,避开了我,同时从抽屉里抽出了一把激光手枪。

一道宽幅的深红色光束呈扇形射向我的双臂、胸口和腹部。我立刻瘫倒在桌子上,从腰间到脖子的部位完全失去了知觉。

他毫不费力地将我拽起,扶我站定。然后,他强行把我推到我身后的一张椅子上,并用激光枪喷射我的双腿。

我瘫坐在椅子上,身子歪向一边,只有头还能动。我竭尽全力想动一下手臂,以确定自己被麻痹到了什么程度。只有食指抽搐了一下。这意味着几个小时之内我都无法动弹。而他需要的只是几分钟而已。我只能干坐在这儿,等着自己被删除。

"什么时候开始?"我心灰意冷地问。

他没有回答。只见他锁死了所有的门,然后斜坐在桌子的边缘上。

"你怎么发现的,霍尔?"

过去这一天,我无时无刻不在想,假如我陷入了这样一场终极拷问,我究竟该怎么应对。而现在真的到了这个地步,我却发现自己并没有想象中的那样惊惶失措。

"从富勒那儿得知的。"我说。

"他怎么会知道?"

"他才是发现真相的人。你肯定知道这一点。"

"为什么我肯定知道?"

"这么说间谍不止你一个?"

"如果还有的话,那他们对我的保密工作一定做得相当好。"

他看了眼内线电话,然后视线又回到了我身上。很明显有什么事正困扰着他,但我猜不出来是什么。不过有件事毋庸置疑:在上层世界看来,他肯定已经圆满完成了他的任务。

他笑着走回到我跟前,一把揪住我的头发,将我的头使劲向后拽去。接着,他用激光枪对着我的喉咙轻微地喷射了一下。

我再次被搞糊涂了。既然我随时都会被删除,为什么还要暂时麻痹我的声带呢?

他用手理了下头发,清了清嗓子。然后,他坐回到他的椅子上,对着内线电话柔声说道:"福特小姐,请你帮我接通西斯金先生,好吗?还有,切换到安全线路。"

我虽然看不到屏幕,但电话里的确传来了西斯金的声音,不会有错,"你那儿遇到麻烦了,马库斯?"

"没有,一切都在掌握之中。霍勒斯,你在这儿为我安排的一切简直太棒了。我们将会双赢,因为我们意见一致——无论在哪方面。"希思说。

"嗯?"

"这点很重要,霍勒斯——就是我们意见一致这一点。无论是对党的看法还是对其他任何事的看法,我们的意见都是一致的。我现在之所以强调这点,是因为明天我想让你和我一同去找一位心理公证人做个检查。"

我越来越搞不懂了。我不仅没有被删除,他们之间的谈话也和此事毫不相干。

"你先等一下。"西斯金打断道,"我不明白,我为什么要向你证明我之前对你说过的话。"

"你不用证明,"希思的脸上写满了真诚和恭顺,"是我想让你相信,从今以后,我将是你手下最忠诚可靠的一员。这不仅是因为我很感激你对我委以重任,更主要的原因是你我志同道合。"

"我不明白你为什么现在要说这个,马库斯。你到底想说什么?"

"简而言之:我其实是另一家研发模拟器的研究机构派来的

间谍。"

"巴恩菲尔德?"

希思点了点头,"我一直都在为他工作。我本来是来窃取'反应'的所有机密的,这样巴恩菲尔德就能造出一部足以与你们那部模拟器匹敌的模拟器。"

尽管被激光麻痹得无法动弹,我终于还是明白了。我又一次在没有深思熟虑的情况下就鲁莽地采取了行动。没错,希思的确是个间谍,但只不过是这个世界里另一家仿真电子模拟器研究机构派来的间谍。

"那你开始行动了吗?"西斯金饶有兴趣地问。

"没有,霍勒斯。而且我从未打算这么做。自从我俩第二次就我来这儿的事谈过以后,我就打消了这个念头。心理公证人到时候会证明这一点。"

西斯金没有作声。

"你还不明白吗,霍勒斯?我是真心实意地在向你效忠。几乎从一开始,我就打算为你鞠躬尽瘁。问题只在于我该何时对你坦白,并请求你让心理公证人对我进行检查。"

"那是什么原因促使你做了决定呢?"

"几分钟前,霍尔闯进了我的办公室。他说他知道了我和巴恩菲尔德的关系,还威胁说要揭发我。"

"所以你决定让心理公证人来核实你说的所有这些事?"西斯金说这话时,语气中充满了期待。

"随时都可以。如果你想的话,现在都可以。"

"还是明天吧。"西斯金听上去乐不可支,"巴恩菲尔德在我这儿安插了一个间谍!你能想象得到吗?非常好,马库斯。你可以继续留在这儿——当然了,只要心理公证人说没问题。还有,你要把所有巴恩菲尔德想得到的、看上去像是机密的信息提供给他。然后我们就等着看好戏吧。那些错误的数据将让他彻底完蛋。"

希思挂断电话后,走到我面前,"霍尔,现在你总威胁不了我了吧?再告诉你个更糟的消息,等激光导致的麻痹感消失后,你会感觉生不如死。"他顿了一下,品尝着胜利的滋味,"待会儿我让加兹登送你回家。"

西斯金和希思都不是"情报员"。下一个我该调查谁?说真的,我也不知道。我终于发现,任何人都可能是"情报员"——即便是那个最不起眼的档案管理员。我的心中充满了无助之感。我确信,在自己的调查还没有任何进展之前,"操作员"就将再次和我进行共感连接。我会突然感到一阵天旋地转,并在头痛欲裂的痛楚中苦苦挣扎。而"操作员"随后便会发现,我已经知道了他那个上层世界的存在。

12

激光喷射造成的副作用把我折磨得痛不欲生。整个晚上，无数股液态之火在我的血管里疯狂地奔腾、你追我赶。我本来应该将这些痛苦化作对希思的复仇之火。但我早已看透一切，这些微不足道的凡尘俗事，已经不再重要。

早上快十点的时候，加兹登派来守护我的人帮助我下了床，搀着我进了厨房。他在自动点餐机上帮我点了一顿清淡的早餐。都是些容易咀嚼的食物，只有这样我的胃才应付得了。

等他走后，我用力地咬了一小口面包片，并咽了几口咖啡。然后，我坐在椅子上，不知道自己是否还有力气去思考富勒留给我的那条信息。

我并不存在——我只是一堆充满活力的仿真电子电荷。可是我必须存在。理由很简单：我思，故我在。不过我也不是第一个被"万象皆空幻"这种可能性困扰的人。那些唯我论者、贝克莱主义者、先验论者，不都被这一问题所困扰吗？古往今来，人类都在对客观存在进行细致的研究。努力探究存在本质的，并不只有主观主义者。就连奉行不确定性原理和被观测者与观测者不可分离这一理念的纯科学,也基本趋向了现象论。

实体论就是在理念论的基础上充分发展起来的。柏拉图认为真正的现实只存在于纯理念之中。亚里士多德认为物质是一种被动存在的非实体,意识据此主动创造实体。从本质上来说,亚里士多德的理论,与一个虚拟人的主观意识影响仿真电子环境并受到其反作用这一概念是基本一致的。

我对基本现实的全新认识,只得出了一个终极结论:世界末日降临之际,不会出现什么天塌地陷的景象;唯一会发生的,将是所有的仿真电子回路被彻底删除。

纵观哲学的历史长河中出现的所有形而上学的观点,只有我的观点能够接受最终的验证。前提是我能找到那位被上层世界安插在这个世界的间谍,那位躲在暗处的"情报员"。

中午时分,我在家冲了个热水澡,再用气流烘干了身子,我的脑袋里那些末日狂想也随之消散。随后,我回到了"反应"。

来到中央走廊时,查克·惠特尼从信号发生室走了出来,他一把抓住我的胳膊,"道格!发生什么事了?"他问,"为什么希思在你的办公室坐着?"

"算是我和西斯金闹矛盾了吧。"

"好吧,要是你不想谈这事儿……"他走进信号发生室,然后示意我跟他进去,"那我带你看看你今后办公的地方吧。"

我跟着他经过那台巨大的主数据集成器,然后沿着一排体积庞大的输入信息分配器继续往前走。这些矮胖的机箱好似一个个站得笔挺的岗哨,各自都有数百只不停闪烁的眼睛和嗡嗡作响的磁盘。

我们来到房间尽头,他指着一间用玻璃墙隔起来的小屋说道:"请吧。"

我们走进小屋,我好好打量了一番这间新分配给我的简陋办公室。橡木地板,没铺地毯,也没有装修。有张桌子,上面安装了一台折叠式电话,供我通信使用。还有两把直背椅和一个文件柜。

查克在一把椅子上跨坐下来,"西斯金今早来过,还给希思带来了两个新助手。根据我的推断,他已经下定决心要尽快向公众展示模拟器了。"

"他可能想用一场华丽的表演来笼络民心。"

他说:"你为什么被撤职了,道格?"

我一屁股坐到另一把椅子上,"关于应该如何使用模拟器,西斯金有他自己的打算。我和他意见相左。"

"如果我能为你做些什么,你尽管直说。"

惠特尼是"情报员"吗?我的老相识?我最好的朋友?不过也很难说,不是吗?在我们的模拟器里,菲尔·阿什顿也有他自己的老相识,但从来没人怀疑过他的真实身份。

"查克,"我严肃地问,"你觉得我们人类的感知过程,比方说,眼睛看见一把椅子,与某个虚拟人在其虚拟世界里看见一把椅子的感知过程有什么区别?"

"你在考我吗?"他笑了起来。

"我是认真的。两者之间有什么区别?"

"好吧,我们看见一把椅子时,椅子的2D影像会投影到我们的视网膜上。然后,视神经系统会对该物像进行扫描分析,并将其分解成一系列神经冲动。最后,这些神经冲动会被直接传输到大脑。信息编码。线性传输。"

"那虚拟人呢?"

"虚拟世界里的椅子其实是一种存储的脉冲信号。当这个虚拟人与那把椅子产生'视觉'接触时,他的某条回路便受到了那些脉冲信号的影响。然后,这条回路会反过来把那些脉冲信号传回到他的存储磁鼓中。"

"虚拟人的感知系统的效率怎么样?"

"可以和我们的媲美。虚拟人的每个磁鼓都存储了超过七千万比特的数据,而且每千分之一秒循环一次。因此,他们的感知和反应效率跟我们差不多。"

我靠回椅背,审视着他的面容,不知他有没有察觉我正在把他引向那个禁区,"那在什么情况下,虚拟人的精神会崩溃?"

"精神崩溃?"他耸起双肩,身子微微前倾,"某个分配器在运行的过程中失调,导致虚拟人的感知回路接收到了前后矛盾的脉冲信号,某个不该在那儿的物体突然出现——或者凭空消失。由于分配器失调,他会逐渐起疑心,并发现他的虚拟世界里的裂缝。"

我忽然鼓起勇气说道:"比如无意中发现了一条本不存在的道路、一片本不存在的村落,以及世界凭空消失了半边?"

"没错,诸如此类的情况。"

他说这话时连眼皮都没动一下。在我看来,他已经通过了我的考验。

但话又说回来,上层世界的那个"操作员"会不会已经调整了"情报员"的程序,使其能够自如地应对这种考验?

就在我透过玻璃隔墙看着外面的信号发生室时,我心中一凛,因为此时此刻我正注视着某个"虚拟世界里的裂缝"。

惠特尼看到我脸上的表情,茫然不解地朝外望去,"你看到什么了?"

我立刻意识到我可以再考验他一次,以彻底确认他是不是

"情报员"。我笑道:"我刚发现我们的主数据集成器有些不对劲。"

他仔细地观察了一番,"没什么不对劲啊!"

"集成器的机箱是一体成型的。我能说出它的体积数据:长十二英尺,宽五英尺半,高十英尺多一点。你还记得我们什么时候安装的吗?"

"当然记得。当时就是我指挥安装的。"

"可是查克,这屋子里不管哪扇门或窗户都不足以让那么大的机箱通过啊!"

他迟疑了一秒钟,随即笑着指出道:"除非是那扇通向停车场的后门。"

我绷着脸转过身去。那儿竟然出现了一扇门——一扇大到足以让主数据集成器通过的门。可刚才那儿并没有这扇门!

查克心里产生的困惑一定触发了系统的某条自动调整回路。而我还记得刚才那儿并没有这扇门。这恰恰证明,出于某种原因,我的程序还没有被改写。

内线电话响了起来。我拨开开关,多萝西·福特紧张的面孔出现在屏幕上。她不安地看了眼查克。

"我还有些工作要忙。"他知趣地说了这句话后便离开了。

我发现多萝西愁容满面,心里似乎正做着激烈的斗争。她眼眶有些湿润,十指紧张地交叉在一起,"要是我现在说我很抱歉还有用吗?"她问。

"你把我打算背叛西斯金的事告诉他了?"

她内疚地点了点头,"是的,道格。我不得不这么做。"

从她语气中的诚恳度来看,我明白她确实是迫不得已才出卖了我。

她严肃地继续说道:"我不是警告过你吗?我说得很明白,我不得不维护西斯金的利益。"

"你圆满地完成了任务。"

"是的,我想是的。但我并没有引以为荣。"

她已经承认了是她向西斯金告的密。那她最后还会不会承认,她已经把我出卖给了一个比西斯金还要强大得多的"势力"?

我笑道:"我们不会让这事儿就这么完了吧?"

她眉头一蹙,一脸茫然。

"好吧,"我继续道,"你曾说过,我们都有各自的任务,但同时我们也不是不可以利用这个机会去找些乐子。"

她低下了头,显然非常失望。

"噢,我明白了。"我假装讽刺道,"看来计划有变。现在你已经完成了任务,所以没必要再搭理我了。"

"不,不是这样的,道格。"

"但你的确已经圆满完成了你的任务,而你今后也确实不用再来监视我了。"

"是的,我不用再监视你了。西斯金非常满意。"

我假装失去了耐心,伸手去挂电话。

她的身子连忙前倾,"别,等一下!"

这只是幻灭后的反应吗——因为她万万没想到,自己奉命用美色勾引的这位坐怀不乱的正派男人,居然会接受她寻欢作乐的提议?还是说,这是一个"情报员"害怕与自己的监视对象失去联系而做出的反应?

"好吧,"她冷冷地说,"我们可以去找点儿乐子。"

"什么时候?"

她犹豫了一下,"你定吧。"

此时此刻,我觉得在我调查的人当中,她的嫌疑最大。我得好好调查她一番,"那就今晚,"我提议道,"在你家。"

多萝西·福特住的公寓极其舒适、豪华,一看就是鸿商富贾专门用来寻欢作乐的那种秘密场所。我一进门便意识到,同意我来这儿,其实是对这姑娘的又一次羞辱。

墙上的每幅三维动态壁画都配有各自的背景音乐,而且都充斥着令人浮想联翩的情色场景。潘神吹着排笛,羊蹄高抬,一群美少女围在他身边,跳着性感狂放的舞蹈。两根雕饰着藤蔓月季的大理石柱之间,阿弗洛狄忒与阿多尼斯相拥在一起,远方的背景是波光粼粼的爱琴海。从尼罗河上反射而来的幽幽月光,温柔地抚摸着克利奥帕特拉的鬈发,她斜倚在自己那艘豪华巨船的栏杆上,正举起一盏镶满宝石的高脚酒杯向马克·安东尼祝酒。

霍勒斯·P.西斯金的巨型三维头像从高处俯视着这一切。我抬头注视那个头像,发现了他不为我所知的一面。凝视阿弗洛狄忒和阿多尼斯的壁画时,他的眼神中充满了淫欲。他的整个神态只会让人联想到四个字:好色之徒。

多萝西在自动点酒机的选择按钮上拍了一下,顿时打破了充盈屋内的那种悦耳勾魂的氛围。她端起酒杯,一口气喝掉了一半,然后出神地盯着她的玻璃酒杯,仿佛在努力找寻某件丢失已久的东西。她身穿一件貂皮镶边的淡蓝色睡衣,上卷的童花头喷了亮发喷雾,光泽闪闪,就像戴了顶柔软的王冠,为她那精致的五官平添了几分清纯。她的神情平静。她做出了承诺,现在她将兑现承诺。

她姗姗向我走来,指了指西斯金的头像,"我可以放下帷幕把他挡住。我经常这么做。"

"不让他看见属于他的这一切?"

她眉头一皱,"他曾经很看重这些,但现在他已经没有兴趣了。毕竟,新鲜感总是会消失的。"

"你似乎很惋惜。"

"怎么可能。"

她走到自动点酒机旁,重新给自己点了杯烈酒,撇下我十分不解地站在原地。"情报员"会让自己陷入与其任务无关的复杂局面中吗?

她将才点的酒一饮而尽,马上又点了一杯,然后回到我的身边。酒精开始起作用了。她的兴致似乎比刚才高了点儿,虽然还是有些闷闷不乐。

"这一杯敬'小巨人'。"她举起酒杯抿了一口,接着后退几步,把它砸向了西斯金的头像。

酒杯在西斯金的左脸上摔得粉碎,在画布上留下一道深痕,正好与西斯金歪斜的嘴角连在一起。溅在上面的酒液,就像同时从深痕和嘴角喷涌出来的一样。

"我刚才冲动了,道格。"她冷笑道,"你肯定会觉得我脾气不好。"

"你为什么同意我来这儿?"

她耸了耸肩,撒谎道:"因为这里的氛围。在本市,你找不到比这儿更合适的地方了。西斯金的品位无与伦比。"

她说罢又准备朝吧台走去,我一把抓住她的胳膊。她转过身来,身子微晃,狠狠地瞪着我。

"我之前警告过你一次,本来我不该那样做的,"她说,"现在我再额外警告你一次吧。你不会希望和我有任何瓜葛的。我带你来这儿,就是想让你自己明白这一点。"

尽管我是为了调查她的真实身份才来她家的,我却发现自己不由自主地对多萝西·福特的神秘身世产生了兴趣。我心怀同情地琢磨着,不知上层世界创造她时做了什么样的奇怪设定,才造就了她现在的性格。

"西斯金上次来这儿是什么时候?"我问。

"两年前。"

"而你对此很失望?"

一股怒火在她眼中瞬间燃起,她狠狠地扇了我一巴掌,打得我的脸火辣辣的痛。她走到体型躺椅①边坐了下去,将脸深埋进躺椅的柔软衬垫里。

我跟着她走了过去,"我很抱歉,多萝西。"

"没事。这一切都是我自找的。"

"显然不是这样。到底怎么了?"

她抬起头,凝视着那幅安东尼和克利奥帕特拉的壁画,"我常常觉得我无法左右自己的人生,就像你那部机器里的人一样。我常常觉得自己就像他们中的一员。我甚至做过一些噩梦,梦见西斯金坐在'幻世-3'前,像操纵木偶一样操纵着我。"

我立即明白了,多萝西·福特肯定不是"情报员"。"情报员"绝不可能用虚拟世界来暗喻现实世界,不管这种暗喻多么隐晦。

"不,"她继续冷冷地说道,"我不是那种欲火旺盛的女人。我只和西斯金做过那种事。你知道,我父亲是西斯金集团董事会的一员。他一直以为自己是个金融天才。只要我继续乖乖地任西斯金摆布,爸爸就会继续活在他的美梦之中。"

---

① 原文"chaisecontour"为法语,即"contourchair",指为人量体设计的躺椅沙发。

"你是说,你父亲的成功只是因为你——"

她痛苦地点了点头,"原因仅此而已。五年前西斯金聘请他时,他刚刚经历了一次心脏病发作,而且正在恢复当中。他要是知道了西斯金聘请他的真正原因,一定会没命的。"

骤然响起的门铃声把她吓了一跳。我走到门边,打开单向显示屏。

门前站着一位手持小本子的男子,他自报身份道:"詹姆斯·罗斯,注册舆情监测员,编号2317-B3。我找多萝西·福特小姐。"

真是无巧不成书,我正在验证多萝西是不是"情报员",就有个民调员找上了门。

"福特小姐生病了,"我说,"她现在任何人都见不了。"

"很抱歉,先生。我要坚持行使《舆情监测员法案》赋予我的权力。"

这时我回想起进门时看到过的一样东西,"要是你抬头看看摄像头上方,罗斯先生,你会发现那儿贴着一张证明文件,上面写着福特小姐享有'夜间民调豁免权'。"

他勉强向上瞟了一眼,失望之情顿时溢于言表,"很抱歉,先生。我刚才没看见。"

我关掉显示屏后,手仍然放在开关上,在原地站了好一会儿。他真的只是没看见吗?还是说舆监会已经无形中卷入了上层世界对我实施的这场阴谋?

我朝吧台走去,心中萌生的这个想法似乎很合乎逻辑,它正在努力冲破我心中的疑团。舆情监测员协会不仅在被上层世界的"操作员"操纵,它还被置于了一个绝佳的位置:只要该组织愿意,它可以对任何人——不只是我——进行严密监视。

之前不就有个我不认识的民调员跑来警告我,说什么"看在上帝的份上,霍尔……忘掉这该死的一切吧"?

我点了一杯酒,却任其放在取物口,因为我心里正在琢磨,那些民调员会不会本来就在这个虚拟世界里扮演某种特定的、不为人知的角色?

我立刻便想到了答案:没错!我为什么没早点想到? 一个仿真电子世界不会为了存在而存在。它必须有一个存在的理由①,一个存在的目的。我和富勒创造那个虚拟世界的最初目的,就是想用它来预测个体行为,以此评估商品的适销性。

同样,从一个更高的层面来讲,我们这个世界,我作为一个虚拟反应单位存在的这个仿真电子世界,只不过是一部为上层世界的那些制造商、经销商和零售商提供借鉴的问答机器而已!

我们这个世界的民调员构成了一套问答系统,而上层世界的"操作员"正是凭借这个系统来提出他的问题、输入他的刺激元素!这种方法和富勒采用的方法类似。但富勒的方法要更原始一点,他依靠的是虚拟广告牌、公共有线广播系统和电视节目,来刺激并收集我们模拟器里那些虚拟人的反应!

要是"操作员"在他的仿真电子世界里安插了一位知道真相,并且与舆监会这个世界上最重要的组织有直接联系的间谍,难道不是很正常的吗?

第二天早上,我驾车降落在一块离舆监会大楼两个街区远的公共停车场。在步行前往该大楼的途中,我在衣袖上系了一样能确保我在进入舆监会总部时免受盘问的东西——我从那个劝我忘掉这一切的民调员的衣袖上扯下来的袖标。

---

①原文为法文"raison d'etre"。

来到门口时我却发现,并没有守卫去核实那些鱼贯而入、准备接受任务的民调员的身份。我刚要起疑心,随即便恍然大悟,舆监会并非什么秘密组织,而且他们显然也没啥好隐藏的。

进入中央大厅后,我在办公室一览表前驻足查看,随即在上面找到了写着"主席办公室——3407"的条目。

我的计划很简单。我只需从顶楼开始逐层往下,让每位官员的秘书通知其部门里的人:舆监会新来了一位来自"上层世界股份有限公司"的民调员。倘若"情报员"就在这里,那他一听说我捏造的这家公司的名字后,必定会露出马脚。

电梯抵达了三十四楼,我刚一出电梯,便立马躲到了一处繁茂的盆栽植物后。

两名男子正从主席办公室走出来。

虽然我试图藏匿,但还是被其中一个人发现并认了出来。

他正是我要找的"情报员"!

一定是他。因为此人是埃弗里·柯林斯沃思。

13

柯林斯沃思走到盆栽植物旁,与我四目相对。他泰然自若地看着我,我则拼命环顾四周,寻找逃跑路线。但我无路可逃。

另外那人跑回了主席办公室。

"我一直在等你来。"柯林斯沃思平静地说。

我的直觉在向我咆哮,叫我快点杀了他,赶在他向"操作员"发信号前动手。可是我却向后退去,靠在了墙上。

"我知道,你最后肯定会认为,舆情监测员协会是'操作员'在这个世界的代理人。"这位心理咨询师说,"不管你何时想到这一点,你最后一定会来这儿找你的'情报员'。对吗,道格?"

我无言可对,只是点了点头。

他微微一笑。这副表情,配上他那头有些许凌乱的白发和那张圆胖的脸,令他的模样显得憨态可掬。

"如今你来了,还发现了我。"他继续道,"之前我还在担心此事。但我想现在这应该已经不重要了。因为,你也看到了,已经太迟了。"

"你不打算揭发我了吗?"我问道,心中还抱有一线希望。

"我不打算揭发你了吗?"他笑了起来,"道格,你还要一直执迷不悟下去,是不是? 你难道还没发现——"

刚才和他走在一起的那人又走出了主席办公室。这次他身后跟了四个凶神恶煞的民调员。

但柯林斯沃思上前一步,挡在他们身前,"没必要。"他说。

"可你说他是'反应'的人!"

"也许现在是,但很快就不是了。西斯金很快就会开除他。"

此人狐疑地打量着我,"他就是霍尔?"

柯林斯沃思点了点头,"道格拉斯·霍尔,前'反应股份有限公司'技术主管。道格,这是弗农·卡尔。如你所知,卡尔是舆监会主席。"

那人伸出手来,我却向后退了一步。我没有留意他们的对话,而是做着心理准备,准备迎接自己被突然删除的最后时刻。会毫无征兆地发生吗? 还是说"操作员"会先和我进行共感连接,以确认我确实已经无可救药了?

"你得原谅霍尔,他最近有些心神不宁。"埃弗里模棱两可地替我道歉道,"他有自己的麻烦要应付,而西斯金也不是善茬。"

"那我们该拿他怎么办?"卡尔问。

柯林斯沃思抓住我的手臂,拉着我向大厅那头一扇紧闭的门走去,"在下决定之前,我想和他先单独谈谈。"

他打开房门,带我进入了一间明显是会议室的屋子。屋里有一张很长的桃花心木桌,桌子两旁各有一排空座椅。

我恍然大悟。他单独带我来这儿,正是以防待会儿我被删除的时候被人看到!

我冲到门边,猛按开门键。但是门已经锁上了。

"冷静一点,"柯林斯沃思安抚我道,"我不是'情报员'。"

我转过身来,难以置信地看着他,"你不是'情报员'?"

"假如我是的话,鉴于你如此执迷不悟,我肯定早就把你删除了。"

"那你到底在这儿干什么?"

"先忘了你那些该死的执念吧。我们来理智地分析一下这件事。我难道就不能反对西斯金还有他那肮脏的企业了吗?简单来说吧,没错,我确实是个间谍,但不是你想的那种。我之所以和舆监会结盟,是因为我发现只有舆监会才有足够强的实力对抗西斯金的模拟器。"

我长舒一口气,但同时也有些不知所措。我摸索着找到一把椅子,坐了下去。柯林斯沃思走到我面前,低头看着我,"我一直在与民调员合作,我把西斯金每一步行动都告诉了他们。这就是为什么西斯金在派对上公布了'幻世-3'的消息后仅仅数小时,舆监会就部署好了他们的示威人员,先发制人,采取了行动。"

我抬头看着他,"那枚铝热炸弹是你安的?"

"没错。可是相信我,孩子,事先我并不知道炸弹爆炸时你会在窥测室。"

我半信半疑地继续问道:"你一直在暗中监视西斯金?"

柯林斯沃思点点头,"他是个居心险恶的人,道格。发现他和哈特森走到一起时,我就猜到了他最终的目的。不过在很久以前,我就已经在和弗农·卡尔合作了。我知道孰是孰非,但你不能就这么拨一下仿真电子模拟器的开关,然后让全国成千上万的人失去工作。"

我终于确认,他根本就不是"情报员"。我顿时对他那些微不足道的俗事失去了兴趣。但他误以为我的沉默是因为我的心中还存有疑虑。

"我们有能力和他斗争,孩子!甚至有不相识的盟友在暗中帮我们!举个例子吧:不久之前,西斯金和党操纵他们的走狗,妄图通过立法来禁止民意调查。结果呢?一条眼看就要通过的提案竟然在本届会议期间被国会委员会搁置了!"

我从椅子上一跃而起,"埃弗里!你难道还不明白其中的真正原因吗?你难道还不明白,是谁在国会助了你们一臂之力吗?"

他直怔怔地站着,一头雾水。

"就是上面那位'操作员'!"我直说道,"我本来早该想到的。你还不明白吗?对于那些知道了真相的人,上层世界不仅会抹除他们的记忆或删除他们。这只是他们的目的之一。他们的主要目标是西斯金的那部模拟器!他们想摧毁它!"

"噢,看在上帝的份上,孩子!"他沉下脸,"你先坐下——"

"不,等一下!没错,埃弗里!你当初安放那枚铝热炸弹,并不是因为你想维护舆监会的利益,而是因为'操作员'操纵你去做的!"

他不耐烦地问:"那他为什么没有操纵我去接二连三地安放炸弹,直到我成功为止?"

"因为他在这儿下面操纵任何事都必须在合理的因果框架内进行。自从西斯金加强了安保力度后,在'反应'里搞破坏根本就不可能成功!"

"道格,"他不耐烦地打断我道,"听我——"

"不,你听我说!上层世界不想让我们的模拟器投入运行。为什么?因为那样将使舆监会及其所有的民调员毫无用武之地。而他们绝不会容许此事发生的,因为只有通过民调员构成的这个系统,他们才能往这个世界输入反应-探寻刺激元素!"

"说真的,道格,我——"

我走到了他跟前,"于是他们千方百计地想要毁掉富勒的模拟器。他们先是操纵你去做这件事。你失败了。他们又操纵了整个舆监会,以为通过示威、骚乱和暴力就能达成其目的。可西斯金却以为这是舆监会的策略,于是他通过操纵民意对舆监会的示威行动进行了反击。如今局势已经陷入僵局。这便是为什么我最近安然无恙的原因。'操作员'一直没时间对我进行检查,看我是否仍旧相信自己只是患上了伪妄想症。"

"这些都是你的幻觉,你只是在自圆其说。"

"我自圆个鬼!我现在把一切都想通了。而且我还发现不只我一个人有危险!"

他微微一笑,"还有谁?我吗?就因为你用——啊,用那个不能知道的秘密污染了我的心灵?"

"不,不只是你。整个世界都危在旦夕!"

"噢,别傻了。"他虽然这么说,深锁的眉头却表明他已经开始动摇。

"听着,'操作员'为了除掉'幻世-3',用尽了各种符合常理的手段:暗中搞破坏,操纵舆监会直接发起进攻,立法。但他所有的努力都失败了。他不能改写西斯金的程序,因为即便如此,党也会继续去做西斯金未竟之事。他也不能改写党的程序,因为这将涉及成千上万个虚拟反应单位,从高层一直到基层。

"他已经好几天没采取行动了。这只能说明一点:他正在酝酿一个计划,用某种方式对模拟器发动最后一场全面进攻!如果该计划奏效了,我们的世界将再次安然无恙。可要是该计划没奏效——"

坐在椅子上的柯林斯沃思身子紧张地往前一探,"会怎样?"

我沉重地继续道:"要是该计划没奏效,只有一个解决办法:

他将不得不摧毁这个世界！删除所有虚拟反应单位的回路！关闭他的模拟器——也就是我们的世界——然后一切从头再来！"

柯林斯沃思两手紧紧地抓在一起。我突然惶恐地意识到，我好像已经让他相信了我的说法！我也立刻发现了其灾难性的后果：

此时此刻，"操作员"的注意力并不在我身上，而是在柯林斯沃思身上！"操作员"一直在暗中操纵他去破坏模拟器；去帮助民调员攻击"反应"；甚至还操纵他冒着道破现实真相的危险来说服我，让我相信自己只不过是患了伪妄想症！

要是"操作员"发现我反而说服了柯林斯沃思，他一定会立刻明白我已经无可救药了。这意味着我和柯林斯沃思都将被彻底删除，灰飞烟灭！

柯林斯沃思抬起头来，死死地盯着我的眼睛。

"检验一套逻辑体系的方法之一，"他轻声说道，"是看其预测是否合理。所以我之前才会如此确定自己已经精确地诊断出了你患的病症。可就在刚才，你也做了一个新的预测。你预测那位'操作员'正在酝酿一个计划，将对模拟器发动最后一场全面的——"

会议室的门被人猛然打开，由生物电容回路激活的锁栓发出嗡嗡的声响。弗农·卡尔冲了进来，"该死，埃弗里！你知道现在几点了吗？"

"知道。"柯林斯沃思冷冷地说。

"埃弗里，"我拼命恳求道，"忘了我刚才的话吧！"我笑了起来，"难道你没看出来吗，我刚才只是举个例子，然后——然后向你说明——"

现在说什么都没用了。我已经说服了他。等"操作员"再次同埃弗里或是我进行共感连接,我俩的末日也就到了。

"那么,我们怎么处置霍尔?"卡尔问。

柯林斯沃思耸了耸肩,无精打采地站起身来,"这已经不重要了——现在已经不重要了。"

卡尔那张鹰一般的面孔上露出了不解的神情,但只有那么一瞬。他随即笑道:"哎呀,当然了,你说得没错。没错,埃弗里!接下来的半个小时,我们要么成功毁掉那部模拟器,要么彻底失败。霍尔在此期间做什么的确已经无关紧要了。"

他急匆匆地走到对面的墙边,拉开两块幕布,墙上立刻出现一块巨大的屏幕。现在我终于开始明白,柯林斯沃思在听了我一时冲动所做的预测后为何会如此意气消沉了。卡尔打开了开关,整个房间顿时被淹没在一片嘈杂的喧嚣声中,无数飞速旋转的光影在屏幕上疯狂地你追我赶。

镜头从一处视野极佳的高处徐徐向下推进,最后定在了"反应"大楼的特写上。民调员汇聚而成的人海已经将整栋大楼围了个水泄不通。汹涌的人潮如旋涡般向前涌进,每次眼看就要冲破大门,但每次都会被击退。民调员发起的每一波进攻浪潮,都会先和由挥舞着警棍、用激光枪喷射的警察组成的警戒线接触,然后和成千上万名支援警察的市民接触。

人群上空,广播车如一群觅食腐肉的秃鹰般盘旋着,车载扩音喇叭传出的西斯金的声音正在尖声咆哮,激励着守卫大楼的警察和市民。西斯金不断地提醒他们,"幻世-3"将使人类受益无穷,而正在向他们发起进攻的,是妄图将其摧毁的邪恶力量。

致人麻痹的激光束扫倒了一大片进攻的民调员。但即便如此,民调员们依然前仆后继地涌了上去。我在观察局势发展的同时,还注意到画面后方无数辆舆监会的小型运输车正在有条不紊地降落,卸下赶来增援的民调员。

枪弹和石块交织而成的密集火力网,不断打在"反应"大楼的防护罩上,给整栋建筑蒙上了一层火花四溅的光环。

弗农·卡尔焦躁不安地站在显示屏前,随着每一波攻势狂乱地比画着。

"我们快成功了,埃弗里!"他不停地大喊大叫。

我和柯林斯沃思只是相顾无言,我们彼此已心照不宣。

不知怎么回事,我对这场战斗毫无兴趣。我承认,这的确是人类有史以来最关键的一场战斗。一整个世界——一个仿真电子世界——的生死存亡,都取决于这场战斗的结局。假如民调员获胜并摧毁了富勒的模拟器,上层世界的那位"操作员"一定会十分满意,然后放这个世界一条生路。

也许是因为这场战斗太攸关生死,我失去了继续观看下去的勇气。又或许是因为我心里明白,在这种情况下,"操作员"很快便会和柯林斯沃思进行连接。而当这一刻来临之际,也就是我俩的末日降临之时。

我缓缓向门口走去(刚才卡尔进来以后,门一直是开着的),走出房间来到大厅,木然地按下了电梯的按钮。

我步履蹒跚地顺着静态步行带回停车场。经过一栋大楼时,大厅里的公共屏幕正播放着那场战斗的全景画面,画面来自"反应"楼顶的摄像头。但是我却将头别了过去。我不想知道战斗的最新进展。

我在离停车场半个街区远的一家"潜意识速闪剧场"[①]门口

[①] 英文为"Psychorama",又称"潜意识过程",一种运用在电影中,用来传达潜意识信息的手法。具体做法为让某些画面在屏幕上一闪而过,使观众的显意识无法感知。

迟疑地停住了脚步。我出神地盯着剧场门前的影像海报,上面正在自吹自擂:"我们这个时代最伟大的抽象诗吟诵者——拉吉尔·罗贾斯塔即将登台演出"。

一位身穿制服的工作人员招呼着传送带上过往的乘客,"快来呀,朋友们。午后场就要开始啦。"

此时我的心绪犹如一团乱麻,正处于极度绝望之中。我必须找个办法理清头绪,好决定下一步该怎么办——假如还有下一步的话。逃跑毫无意义,因为我根本无处可藏。不管我身处何地,"操作员"都能和我进行共感连接或将我删除。于是我买了张门票,跌跌撞撞地穿过了门厅。

我在一排排环形座位中随便找了个空位子坐下来,呆呆地盯着剧场中央那座缓缓旋转的舞台。

拉吉尔·罗贾斯塔坐在舞台上,身着一件华丽的东方式长袍,头上裹着包头巾,双臂交叉在胸前。随着舞台的旋转,他那催人入眠的目光扫过四面八方的观众。柔和的灯光洒在他那张严峻的褐色面孔上,形成一种柔和的对比,令我不由自主地戴上了浸润式感应头罩。

我尚未闭上眼睛,就已被卷入了罗贾斯塔吟诵的抽象诗句之中。刹那间,无数我有生以来见过的最璀璨夺目的宝石,铺天盖地地涌入了我的视野。红宝石和蓝宝石,钻石和珍珠,不断涌现,层出叠见。虽然我不过是堆电子,这些宝石的光彩绚丽之美依然震撼了我的心灵。

翻转浮动的海沙和四处游走的海洋爬行生物,构成了一幅朦胧的背景。珠宝发出的绚烂光芒射入一处无比黑暗的深渊。接着,漆黑的深处出现了一个深邃虚无的巨洞,犹如一头海底巨龙张开的血盆大口。而在这个巨洞的最深处,一块你能想象到的最闪亮的宝石正在熠熠发光。

海水包围了我,仿佛我根本就没有身处一座"潜意识速闪剧场"。我能感受到海水的湿润,荒芜深海的孤独,绝望和流体静压带来的令人崩溃的压迫感。

倏然之间,时空发生了剧烈转变。从阴寒潮湿,变成了酷热干燥;从无底深渊中令人窒息的孤寂,变成了广袤荒地上窒闷的干旱。

在这场时空变幻中,唯有那块无与伦比的宝石安然未动。但就在此时,这块宝石也开始发生变化——变成了一枝精美多瓣、散发着馥郁芬芳的鲜红的花朵。

罗贾斯塔的催眠功力如此强大,我被不由自主地吸入了他吟诵的意境之中。这时,我终于认出了诗句的内容:

> 世间多少晶莹至醇的珠宝,
> 在幽暗无底的深海泯藏;
> 世间多少花儿吐艳无人晓,
> 只在圹野荒天中空自流芳。

没错,是格雷①的《挽歌》。

此刻我们正俯瞰着某条火星运河②,河岸两旁林木翁郁,花草丛生。河水中随波翻腾着成千上万的……

---

① 托马斯·格雷,18八世纪英国诗人。

② 1877年火星冲日期间,意大利天文学家乔瓦尼·斯基亚帕雷利(GiovanniSchiaparelli)通过望远镜观测到,在火星北纬60°到南纬60°之间的地区,有许多长长的直线,组成了纵横交错的网状系统。他将这一特征称作"canali",英译为"canals",即运河。有人认为这是火星上的智慧文明修建的灌溉系统。从20世纪初开始,这些所谓的运河逐渐被证实为视错觉(opticalillusion)。

随着一声刺耳之音,这场诗歌朗诵戛然而止,灯光照进了"潜意识速闪剧场"。一架四块屏幕相连而成的方框从高处缓缓降下,罩住了罗贾斯塔。每块屏幕上都出现了画面,画面中正是"反应股份有限公司"外的场景。

秩序正在逐渐恢复。"反应"大楼的楼顶架设了大量重型激光武器,它喷射的致命激光正逼得民调员节节败退。

联邦部队已经介入。他们正在楼顶上聚集。军用运输车正在成批地卸载士兵。

舆监会失败了。

"操作员"失败了。

为了摧毁富勒的模拟器,上层世界用符合常理的方式进行了最后一搏,但还是失败了。上层的"操作员"已经无法挽救他那儿反应-探寻系统——也就是我们这里的民调员组织。

我知道这意味着什么。

这个世界将不得不被彻底抹除,这样上层世界才能重新创造一个用来预测民意的仿真电子世界。

我从头上摘下已经关机的感应头罩,坐在椅子上琢磨着这一刻将何时降临。全面删除会立即进行吗?还是说"操作员"得先征求一下某个特别顾问团或者委员会的意见?

至少,我自我宽慰道,我再也不用担心"操作员"把我单独删除,或是通过共感连接对我进行详细检查了。倘若整个世界将被删除,那我大不了和他们一起灰飞烟灭。

才说起"操作员","操作员"就到了。

我视野里的事物突然变得模糊起来,四周一排排座椅也围着我疯狂地旋转。我在失调共感连接造成的巨大痛楚下佝偻着腰,东倒西歪地走出剧场,来到了门厅。我耳中的怒海狂涛声变成了焦雷的轰鸣声,接着又渐渐化作了另一种声音,听起来像是——隆隆的狂笑声!

我靠在墙上瑟缩不已。我能感觉到,此时此刻,"操作员"正在从我的意识里读取每一条关键信息!而我脑海中的狂笑声——仿佛是失调共感连接的一部分——又变成了某种击鼓声,充满了嘲笑和残暴的意味。

声音随即消失,我的脑海再度恢复平静。

我跌跌撞撞地出了剧场,刚一走上静态步行带,一辆侧面绘有新月和五角星标志的飞行车便从天而降,径直朝我冲来。

"他在那儿!"身穿制服的驾驶员叫道。

一道细如铅笔、足以致命的激光束随即向我射来,击穿了我身旁的混凝土墙面。

我转身便跑,冲进了剧场的门厅。

"站住,霍尔!"有人大声叫道,"你因为涉嫌谋杀富勒被捕了!"

这是西斯金策划的最新行动吗?他终于决定发动最后一击来将我彻底铲除了吗?还是说这是"操作员"设定的程序?即便很快就要删除他的仿真电子世界了,他还是执意要用这种符合常理的方式来除掉我吗?

又有两道激光束向我射来,然而我已安然无恙地跑回了剧场。

我绕着剧场的座椅兜了个大圈,从侧门飞身冲出。门外是炎炎烈日下停得满满当当的停车场。数秒钟后,我驾着我的飞行车全速冲向了天际。

14

除了湖边的那所小屋,我已经无处可去。我在那儿暂时应该是安全的,因为他们肯定想不到我会藏在这么明显的地方。

我降落在湖畔针叶松林里的一块空地上,把车开进车库藏好。我毫不怀疑,刚才那些警察接到的命令一定是将我击毙。倘若西斯金是幕后主使,那就更毋庸置疑了。

要是凶杀重案组追踪而来,在这片远离城市的森林中,我至少还有躲藏和自卫的机会。

可要是"操作员"坚持要除掉我的话,除了警方的行动外,他一定会从以下两种方式中选择一种:

要么他会在毫无征兆的情况下突然删除我——对此我只能坐以待毙。

要么他会派他的"情报员"亲自前来动手——并将现场处理成我是死于自杀或意外的样子。

后者正是我求之不得的机会:一个和"情报员"面对面的机会。在这片远离城市的森林,他将不必再隐藏自己的身份。他一定会主动现身,和我共享这片森林的寂寥。

我走进小屋,在我的武器中挑了一把火力最强的激光步枪。我一边检查步枪的能量,一边将激光束的覆盖范围调节成宽幅。我不想马上杀了"操作员"的间谍。我要先和他谈谈,这样说不定有助于我制定下一步行动计划。

我坐在窗边。面朝着湖水和那片空地,把枪搁在腿上,然后就这么等着。

当然,我所有的推理都基于这条假设:出于某种原因,上层世界的那位"仿真电子学家"暂时还不打算删除这个世界。至于他推迟动手的原因,我还不知道。

随后的几个小时,除了野生动物在灌木丛里以及树枝上偶尔弄出的窸窣响动,以及湖水温柔拍打岩岸的声音,屋外再没有其他动静了。

日没西山后,我走进厨房,打开一袋野营口粮。我怕站着会引亮屋里的灯,于是蜷坐在一扇窗户下,机械地嚼着口中的食物。进食过程中,我的脑海里有个古怪的念头始终挥之不去:一个无形无实的人竟然需要无形无实的食物。

等我回到客厅时,暮色已近昏暗。我拉上窗帘,然后打开电视收看晚间新闻。我将音量调到了最小。

电视画面中出现了"反应股份有限公司"门前那条一片狼藉的街道。随后,镜头切换到了驻守在大楼外的联邦部队。与此同时,播报员正在对"今天造成了大量人员伤亡和重大财产损失的暴力流血冲突事件"进行强烈谴责。

"但是,"他严肃地继续道,"霍勒斯·P.西斯金这家新近成立的企业,之所以会成为今晚新闻关注的焦点,并不只是因为这起骚乱。

"不止这些——远远不止这些。还有阴谋和诡计,还有谋杀和——一个逃犯。而这些,全都和舆情监测员协会的阴谋有直接联系。舆监会被控策划了一场毁掉霍勒斯·西斯金的模拟器的阴谋,毁掉那部即将为这个纷扰的世界带来无尽福祉的模拟器的阴谋。"

我的头像突然出现在画面中,播报员随即指出了我的身份。

"就是此人,"他说,"因涉嫌谋杀'反应'前技术主管汉农·J.富勒,被警方通缉。他是西斯金的亲信。在富勒因所谓的意外事件身亡后,道格拉斯·霍尔被西斯金委以完善那部模拟器的重任。

"可是,警方今天指控称,富勒其实是被霍尔出于一己私利而谋杀的。霍尔眼见自己的私利即将不保后,于是反戈一击,把矛头指向了西斯金集团和那部模拟器。

"今天早上,西斯金的私人安保人员在跟踪道格拉斯·霍尔的过程中发现他进了舆监会总部,遂证实了他的背叛。随后,他便策动了今天这场针对'反应',但并未成功的大规模进攻。"

我心中一凛。看来我刚一进入民调员总部,西斯金马上就得到了消息。他当时一定以为我打算将他和党的阴谋公之于众,于是慌忙采取措施,派出了那些警察,并给他们下达了击毙我的命令。

这时,我忽然想到了一个"操作员"还没有删除我的原因:他很可能已经发现,西斯金在努力实现自己目的的同时,也在不知不觉帮他完成除掉我的工作!

噢,"操作员"还可以帮个小忙。比如说,要是警方迟迟找不到我,他可以再和我进行一次共感连接,找到我的藏身之所,然后操纵警方来这所小屋找我。

他既可以这样做,也可以派他的"情报员"来完成这个任务。有一件事可以确定,他肯定不会直接删除我,然后大费周章地把我从许多人的记忆中抹去。

我最后意识到,虽然我如此费尽心思地揣摩"操作员"的意图,但或许他根本就没有删除这个世界的打算!或许"操作员"决定收拾完眼下的复杂局面后,再做最后一搏——真正的最后一搏——来除掉富勒的模拟器。

新闻播报员还在讲述我那所谓的变节:

"然而据警方了解,霍尔在谋害了汉农·J.富勒、背叛了西斯金和那部模拟器之后,并没有停下他罪恶的脚步。"

屏幕上出现了一张柯林斯沃思的照片。

"因为,"播报员陡然将嗓音压得极低,"他还被发现与一起谋杀案有关,该案堪称本市警史有记载以来最恐怖的一起谋杀案——受害者名叫埃弗里·柯林斯沃思,是'反应'的心理咨询师。"

整整过去了一分钟,我才吸了第二口气。"操作员"已经腾出手来,对柯林斯沃思下手了!

播报员继续讲述着凶手在杀害柯林斯沃思博士的过程中犯下的"残忍暴行"。

"警方,"他语气阴沉地缓缓说道,"称这是有史以来最惨无人道的肢解案。被肢解的人体残肢——指关节、手臂、耳朵——遍布柯林斯沃思的书房。凶手每割下受害者身上的一块部位,都会小心地在其伤口上用火灼烧进行止血,以免受害者在其残忍的折磨下流血过多而提前死去。"

我魂飞魄散地关掉了电视。我使劲摇头,试图保持冷静,眼前却全是埃弗里的身影——绝望无助、惊恐万状的他眼睁睁地看着那些暴行在自己身上发生,却无处可逃。

上述暴行绝不可能是这个世界的"情报员"所为。一定是"操作员"亲自使用了某种超自然的折磨手段。我仿佛看见柯林斯沃思正在痛不欲生地尖叫：他的小指头被一把小刀似的东西切掉；一道微弱的激光束凭空出现，在他的残肢上灼烧止血。

我一边起身，一边惊惶不安地咒骂着。我现在终于知道，原来那位"操作员"是个虐待狂。或许在上层世界，人人都是。

我回到窗边拉开窗帘，一道朦胧的紫色暮光照进屋内。我坐到地上，手握武器，然后就这么等着。等什么呢？警察？"情报员"？

我的脑海中闪过一个念头，或许"操作员"并不知道我身在何处。但我随即就排除了这个可能性。说不定他在我到这儿后已经和我进行了共感连接。噢，有这个可能——非常有可能。我终于明白，我之前之所以能感觉到那些共感连接，只是因为他想让我感觉到——因为这样一来，他就能欣赏我受折磨的反应了。

窗外暮色渐暗，繁星在迎风摇曳的树叶后忽隐忽现，使暗沉的天幕看起来像是一块柔光浮动、飘满萤火虫的田野。蟋蟀对着星光悲鸣。一只牛蛙偶尔从远方吟出一声低音，令这首夜曲愈发丰满。

这些虚拟场景竟然，噢，如此完整，连细枝末节都一丝不苟地呈现了出来。上层世界的人几乎不怎么吝惜他们的仿真电子道具。他们只允许一些难以察觉的小毛病存在。

我望着头顶繁星闪烁的夜空，试图透过这一切幻景看见真正的现实。但是，我不可能看见那个真正的世界。我们彼此根本不在同一个时空。但同时，它又隐藏在一层电子迷雾之后，在我的四周无处不在。

我极力体会菲尔·阿什顿从富勒的模拟器里来到这个世界时的感受。我的思绪游到了上层世界。上面那儿会是什么样呢？与我所知的这个虚拟世界有多大的不同呢？

我随即意识到，两者不可能有天壤之别。菲尔·阿什顿所在的那个世界，那个由富勒模拟器里的电流维持运转的世界，实际上就是我这个世界的复制品。必须如此。因为只有这样，我们根据那个虚拟世界所做的预测，才能为上面这个世界提供有效的参考。

同样，我所在的世界也必然和上层世界如出一辙。两者大部分的社会习俗一定相同。我们的文化、我们的历史，甚至我们古往今来的命运也必定相差无几。

而既然我们只是他们的复制品，那么那位"操作员"以及上层世界的其他所有人，一定和我们一样，都是人类。

一道越来越强的光线打在窗外的树木上，驱散了四周的黑暗。我随即听见了一辆飞行车发出的嗖嗖声，那车子正循着车灯发出的光线缓缓降落。

我打开房门冲出屋外，纵身跳到一块树篱后，然后端起步枪瞄准前方。

飞行车降落后，灯光和引擎随即熄灭。夜色瞬间重归于暗，我眯起眼睛，拼命想要看清前方的事物。

不是警车。车上也只有一个人。

车门打开，驾驶员探出身来。

我随即扣动了激光步枪的扳机。

深红色的宽幅激光束反射的光线映出了那人的脸庞——是金克斯·富勒！陷入昏迷、摔倒在地之前，她的脸上满是困惑。我也一样。

我一边喊着她的名字,一边扔掉步枪冲进林间空地。我连连暗自庆幸,庆幸自己将步枪的激光束调到了只会致人昏迷的强度。

午夜已经过去很久,我仍然在小屋里踱着步,等着她苏醒过来。但我知道她还会昏迷一段时间,因为她的头部也被激光束击中了。幸好只是宽幅激光束,副作用不会太严重。

黎明前的几个小时,我在一片漆黑之中摸索着在她额头上敷换了无数次冷毛巾。直到熹微的晨光透过窗帘照进屋内,她才终于呻吟了一声。她软绵绵地抬起一只手,摸向额头。

她睁开双眼,微微一笑,"发生了什么事?"

"我用激光枪击中了你,金克斯。"我懊丧地说,"我不是有意的。我以为你是'情'……警察。"

我及时改了口。我不能让她再和真相扯上关系,一丁点儿都不行,否则情况会更加复杂。

她挣扎着想要坐起来,我用一只手在她背后扶了一把。

"我——我听说了你的遭遇。"她说,"我必须来找你。"

"你不该来的!说不清楚这里会发生什么。你得离开这儿!"

她努力想站起来,却又跌回到了沙发上。看来一段时间之内,靠她自己的话,她哪儿都去不了。

"不,道格。"她坚持道,"我想和你在一起待在这儿。我发现你在这儿后,立刻就赶了过来。"

在我的搀扶下,她终于站了起来。她一把抱住我,靠在我的肩头啜泣起来。我紧紧搂着她,仿佛她是这个虚幻的世界里唯一真实的事物。一股巨大的失落感涌上我的心头。我一辈子都在寻找一个金克斯这样的人。现在我终于找到了她,却只是镜花水月一场空。因为在这个世界里,真实存在的只有仿真电子回路里奔涌的偏压脉冲信号。

她退后一步,神情怜悯地望着我,然后再次上前抱住了我。她将双唇紧紧贴在我的唇上,如此用力,仿佛她已经知道将会发生什么似的。

我吻她的同时,心中感慨万千。要是"操作员"成功毁掉了富勒的模拟器该多好!要是我还留在"反应"该多好,这样我就能亲自动手了!要是上层世界的那位"仿真电子学家"也改写了我的程序,就像他改写了金克斯的程序那样该有多好!

"我们要永远在一起,道格。"她在我耳畔低语道,"我永远都不会离开你,亲爱的。"

"可是你不能和我在一起!"我反对道。

难道她还不明白这一切有多么不切实际吗?光是面对西斯金和他手下那些警察的穷追不舍,我就已经没有任何希望了。我朝后退去,强迫自己想出合理的解释。她如此坚决地要和我在一起,要么是她对我一往情深,要么只是因为她还不知道警方对我的所有指控。显然她还没听说柯林斯沃思是怎么死的,否则她就不会来这儿了。

"你不知道他们指控我谋杀了你的父亲吗?"我说。

"凶手不是你,亲爱的。"

"还有——埃弗里·柯林斯沃思?"

她犹豫了一下,"凶手不是……不可能是……你。"

她说这话仿佛对一切都了如指掌似的。她对我的信任和爱已经冲昏了她的头脑。此刻我竟然有些感激他们成功地改写了她的程序,因为这样她就不必面对我现在所面临的危险了。

她拉起我的手,转身朝门口走去,"也许我们可以逃走,道格!我们会找到藏身之处的!"

我没有动,于是她松开了手,我的手随即从她双手中滑落。

"不,"她沮丧地自言自语道,"无论我们逃到哪儿,他们都会找到我们。"

她不知道自己的话几乎一语中的。见她全然未觉自己口中的"他们"所含的双关之义,我彻底放心了。

屋外传来一阵响动,我立刻抓起步枪来到窗边。我拨开窗帘,只看见有一头雌鹿正挤过树篱,朝那个空饲料箱走去。

雌鹿警觉地抬头望向小屋这边。我松了口气,放下窗帘,随即心中一凛。这个时节这附近通常很少见到鹿。于是我又回到窗边。雌鹿向金克斯的飞行车走去,在离车很近的地方停下了脚步,注视着那扇开启的车门。

我握紧了手中的激光步枪。鹿可能只是这个下层世界的道具,可能只是上层世界为了增添这个虚拟世界的真实性而投射的无数幻影之一。但换个角度想,这些鹿也和我们一样有着虚拟的血肉。

也就是说,这头鹿是"操作员"操纵着游荡到这块湖畔小屋前的林间空地,然后通过共感连接来这儿附近打探情况的。不是没有这种可能!

雌鹿将头转向小屋这边,竖起的双耳指着泛白的天空,鼻孔不停翕动。

"你看到什么了?"金克斯问。

"没什么,"我一边说,一边掩饰着我的不安,"你要是感觉好些了,去帮我俩点两杯咖啡吧。"

看着她摇摇晃晃地向厨房走去,我小心翼翼地打开窗户,缝隙刚好能将步枪那细长的枪口伸出去。然后,我把激光束的覆盖范围调窄了一些。

雌鹿终于掉转头来,朝车库走去。

我扣下扳机,瞄准它头部喷射了整整十秒钟,直到它瘫在地上不再动弹。

金克斯听见步枪开火的嘶嘶声,又回到了厨房门口,"道格!难道是——"

"不,只是一头鹿。我把它撂倒了,会昏迷几个小时吧。它刚才正要钻到你车里去。"

我们在厨房的吧台两边相对而坐,各自默默地喝着咖啡。她未施粉黛,憔悴的面容透着一丝不安。黑色的秀发中,一绺散开的发丝垂挂额前,遮住了一部分左眼。但她也绝谈不上形容枯槁。没有了繁复妆容的雕饰,她那股芳华动人、柔美自然的气质反而凸显了出来。

她看了眼手表。从取物口端出杯子后,这是她第二次看表了。她从吧台对面伸手过来握住我的双手,"我们接下来怎么办,亲爱的?"

我紧张万分地撒谎道:"我还得在这里躲几天。等风头过去后,一切自然会没事的。"我顿了一下,继续编着说辞,"你瞧,惠特尼可以证明我没有杀害柯林斯沃思。说不定他正在这么做呢。"

她似乎并未安心,又低头看了眼手表。

"所以一旦你感觉好些了,就得赶紧坐车离开这儿。"我继续道,"要是你也突然失踪,可能会让他们找到我的概率翻倍。他们说不定会到这儿来搜寻。"

她固执地说:"我要和你待在一起。"

此时此刻,我不想再和她争论此事。我相信自己稍后能说服她,"那你替我放下哨。我得趁我还有时间赶紧去刮个胡子。"

十分钟后,我刮完了胡子。我回到客厅,发现前门开着。金克斯正在屋外俯身查看着那头昏迷的雌鹿。她回头看了眼小屋,然后漫不经心地继续朝空地另一头走去。

她的步态优雅而轻盈,仿佛一位下凡的仙女。我看着她消失在了森林中。

就在这时,一个念头如同激光束般轰入了我的脑海:她怎么知道我在这儿的?我从没和她提起过这个地方啊。

我一把抓起步枪追了过去。我穿过空地,冲入森林。四周是高大挺拔、随风摇动的松树,我停下脚步,竖起耳朵聆听脚踩落叶的咔嚓声,以此判断她的去向。

我听见了我想听的动静,于是拔腿朝发出声响的方向冲去。我挤过矮树丛,冲进一块小空地,来了个急刹车——我迎面遇到了一头受惊吓的雄鹿。

而在远处,在很远的那头,我看见金克斯正一动不动地站在一道斜射的曙光中。我忽然感到有些不对劲。我连忙回头看向这头雄鹿。虽然受到了惊吓,但它并未逃走。

突然间,随失调共感连接而来的那种强烈的压迫感在我的各处感官迅速炸开。我在轰鸣的噪音和剧烈眩晕的冲击下扔掉了手中的步枪。

翻江搅海的噪音中,我仿佛又听见那粗暴的狂笑声,正循着将我和"操作员"的感官紧紧相连的仿真电子连接,源源不断地涌入我的脑海。

那头雄鹿突然人立起来,一对前蹄在空中乱舞了一阵,随后落回地上。接着,它埋首向我猛冲过来。

失调共感连接将我折磨得几乎无法站立,但我还是全力扭身,试图躲开那头狂奔而来的雄鹿。

鹿角像细如铁丝的激光束般撕开我的衣袖,划破了我的前臂。见我受伤,我感觉"操作员"的尖笑声变得歇斯底里。

雄鹿再次人立而起,我拼命扭身,想躲过那对踏落的前蹄,然而还是差了一点。雄鹿把它全身的重量都压在了我肩头,我顿时被踏翻在地。

等我一个翻身站起来时,手中已经抓起了那把激光步枪。雄鹿再度冲来,我在它奔到半途时开火将其击倒。几乎就在这同一刻,我从共感连接中解脱出来。

我望向前方,发现金克斯仍站在那道曙光中,对自己身后发生的事丝毫没有察觉。

就在我看着她的时候,她满怀期望地抬头望向天空,然后消失了。

15

我呆立在空地中,良久都回不过神来。我脚边躺着那头被击晕的雄鹿,目光则死死盯着金克斯消失的地方。

我终于明白,原来她才是"情报员"。一直以来,我都误读了她的行为。我一直以为身为富勒之女的她在发现了自己父亲的"重大发现"后,始终在对我隐瞒真相,是担心我被上层世界删除。

至于她在自己家里消失那次,我还以为是上层世界为了删除她的回路中和真相有关的数据,暂时将她退出了程序。我后来一直以为,正是由于被删除了那些数据,她才毫无保留地向我表达了她的爱意。

然而一切并非如此。

她在第一次消失前之所以表现得那样反常,是因为她和上面那位"操作员"一样,担心我会发现富勒的秘密。

接着,为了使我放弃对真相的执念,"操作员"操纵柯林斯沃思成功说服了我,让我相信自己只不过是患上了所谓的"伪妄想症"。我和金克斯在餐厅吃饭的那晚,"操作员"和我进行过一次共感连接,当时我已经彻底相信了柯林斯沃思的说法。

于是"操作员"认为我已经被拉回了正轨。而身为"情报员"的金克斯为了进一步分散我的注意力,不让我再起疑心,遂扮演起了一位痴情恋人的角色。

这才是事情发展至昨天的来龙去脉。昨天"操作员"通过柯林斯沃思发现,不只是我,连他也开始坚信我们的世界是不真实的。而昨晚金克斯来这儿的目的只有一个:在和"操作员"商定好如何让我"自然"死亡之前,确保我仍在她的掌控之中。说不定她打算亲自动手"杀"我!

我终于感觉到伤口流出的热血正从我指尖淌落。我撕掉衣袖,紧紧裹在我前臂的伤口上,然后朝小屋走去。

有几件怪事我又琢磨了一阵,但还是想不通。譬如说,金克斯怎么会就这么凭空消失了?富勒模拟器里的任何虚拟人都做不到这一点,除非——

噢,对了!有时我会通过直连监测回路把自己投影到"幻世-3"中,而每当我完成任务退出投影时,我就会从那个世界凭空消失!

这么说的话,金克斯既不是"情报员",也不是虚拟反应单位。她是上层世界里某个真实存在之人的投影!

可是还有一些疑窦。为何我没有像其他虚拟单位一样被抹除关于林奇的记忆呢?

还有,为了把柯林斯沃思卷入这场摧毁富勒模拟器的行动,"操作员"一定会频繁地和他进行共感连接。那为什么在昨天之前,他都没有从柯林斯沃思那儿发现,我对真相的执念已经无法动摇了?

树木倾倒发出的哗啦咔嚓声将我从沉思中惊醒。我大吃一惊,连忙抬起头来。

一棵参天巨松正向我迎头砸下!

我拼命闪躲,避开了树干,它砸中地面后发出了一阵刺耳的巨响。但我还是被树枝刮翻在地,在地上滚了好几圈,重重地撞在另一棵松树的树干上。

我惊骇不已,慌忙起身,一边后退,一边摸着脸上被某根树枝划开的创口。就在这时,我的脑海中突然再次回荡起那一阵阵随失调共感连接而来的、令人毛骨悚然的讪笑和轰鸣。

我冲向小屋,竭力摆脱源源不断涌来的痛楚。我冲到空地边缘时,已是头痛欲裂、眼花目眩。

我猛然停住了狂奔的脚步。一头巨型黑熊正用鼻子嗅着金克斯的车。它察觉到了我,转过身来。为保险起见,我立即用一道细如铅笔的激光束将其射杀。

我这一枪,一定打碎了"操作员"再次享受施虐乐趣的热切憧憬。因为黑熊一倒地,我们之间的共感连接便断开了,痛楚也随之消失。

显然,我应该立刻逃离这片森林。这里有太多的自然因素可以被"操作员"利用。要是我回到城市,或许还有一线生机。在城市里,"操作员"就不能这么随心所欲地利用我周围的虚拟环境来攻击我了。

回到小屋后,我抓紧时间包扎了手臂上的伤口,还在右脸的创口上抹了镇痛膏。这道口子从太阳穴一直划到下巴,现在依旧剧痛难忍。

然而,在恐惧和绝望之雾的笼罩下,我却想到了金克斯。这个世界真的有过一个叫金克斯·富勒的人吗?还是说她自始至终只是一个投影而已?

爱上她真是一个莫大的讽刺。我一边去拿外套，一边体味着这份讽刺。我，只不过是一潭幻影中荡起的一圈涟漪；而她，是一个真实存在、有血有肉的人。我仿佛听见她正跟着"操作员"一起对我放声嘲笑。

走到门口时，我突然又犹豫了。回到城市？回到西斯金的警察正四处追杀我的城市？就算我能躲过他们的追杀，他们在上面还有一位施虐成性的"盟友"，正迫不及待地要把他们引向我所在的方位。

我的余光瞥见一个模糊的东西朝我飞来，我条件反射般迅速俯身。一只扑腾着翅膀、呱呱直叫的乌鸦从我头顶一飞而过。

但这只乌鸦并不是冲我来的。我满腹狐疑地转过身，看着它一个侧身径直飞进了厨房。好奇心战胜了恐惧，我再次回到屋里。乌鸦正在地板上拼命地啄着地下室的开门键。

地下室里安装着装配式动力机组。我想到了那些裸露的引线，顿时吓得六神无主，双脚定在了原地。

紧接着，我拔腿冲出小屋，向空地另一头跑去。刚跑到一半，我便飞身扑向地面。小屋在一声冲天巨响中爆炸了，漫天四散的碎片波及了方圆一英亩的森林，车库也在爆炸中灰飞烟灭。

万幸的是，飞散的砖石和树枝并没有砸中位于空地中央的飞行车——这事儿要发生在以前，肯定立刻会让我大感不解。

从这次爆炸死里逃生后，我终于确信，只有回到城市才有一线生机。

攀升至森林上方两千英尺时，飞行车的主供电装置突然停止了运行。我连忙切换到紧急模式，引擎叶片再次转动起来。但引擎时不时会发出喀喀噼啪的响声，每一次响动过后，飞行车都会下坠一百英尺。

我死死握住方向盘,勉力维持着对飞行车的控制。终于,在我的全力操控下,飞行车改变了方向,朝湖面冲去。我心里盼望着引擎能最后迸发出一点儿动力,以缓解飞行车落水时的冲击。

恰在此时,"操作员"再次接入了我的感官。但这一次,随之而来的痛楚没有以前那么难以忍受。这一定只是因为我现在遇到的险情已经让他感受到了足够的乐趣。

空中骤然刮起一股强劲的逆风,将湖面搅得水花四溅,也把飞行车下坠的角度吹得更陡了。没等冲过湖岸线,我可能就会坠毁在森林里了!

但就在此刻,引擎出人意料地迸发出一股动力,帮助飞行车跃过了湖岸线。紧接着又是一股动力,飞行车在距汹涌的浪涛仅有五英尺时戛然悬停在了空中。

由于握方向盘的力道过猛,我的指关节已经发白。我大汗淋漓地坐在车椅上,身子不住地颤抖,而飞行车再次升入了天际。

我能感觉到"操作员"欣喜若狂。而我也知道——从他的高兴程度来判断——他一定不会这么轻易放过我。我打起精神,准备面对下一次未知的折磨。与此同时,飞行车仍在不断攀升,继续朝城市飞去。

我记得,富勒的模拟器可以把普通共感连接切换成交互式共感连接。举例来说,每当我想和菲尔·阿什顿交流,但又不想把自己投影到他的世界时,我都会用这种方法。

于是我试着逆向去感知"操作员"的意识。我知道,他肯定一直都能听到我的内心想法。可他采用的一定是单向连接。因为我只能隐约察觉到他的存在,就像能体会他的"感受"一样——这种感受充满了变态的恶意。

我不解地皱起了眉头。我产生了一种强烈的感觉，我和他除了共感连接之外还有某种联系。我隐约觉得我们之间存在着某种相似之处。外观？性格？还是说我们仅仅只是职业相同，都是各自世界的仿真电子学家？

我驾着飞行车在六千英尺的高空水平飞行，"操作员"没有再来阻挠。我压下车头，将升力切换成推力，加速向市区飞去。高耸入云的玻纤混凝土建筑群在我眼前铺展开来。只有几英里了。

我能逃出生天吗？我黯然靠回到椅背上。我想逃出生天吗？在远离市区的那片森林里，孤身一人面对"操作员"以及受他操控的那些充满敌意的自然因素，我几乎没有生还的希望。虽然在城市里他无法操纵各种野生动物来攻击我，可是那些非生命体呢？比如突然断裂的高速传送带？从天砸落的建筑檐板？失去控制的飞行车？

透过有机玻璃，我不安地发现，一小团乌云将地平线分成了两半。飞行车载着我径直朝它飞去，乌云迅速变大。我试图绕开，但为时已晚。

那不是乌云。我被一群红翅黑鹂包围了。这可是六千英尺的高空啊。这群黑鹂重重地撞在车身和有机玻璃罩上，被成批地吸入飞行车背侧的进气口。涡轮叶片切打在那团黑鹂身上，发出可怕的嘎嚓嘎嚓声。引擎嘎嘎作响，断断续续地熄火又点火重启，就这么令人胆战心惊地运行着。

我眉头一皱：就在飞行车急速下坠时，"操作员"再次接入了我的感官。和上回一样，这次的共感连接也不像以前那样痛苦难捱。而我也再次产生了那种奇怪的感觉——那个正在品尝我的绝望和恐惧的人，与我有某种不可名状的相似之处。

残破不堪的引擎叶片——它们仍在顽强挣扎着,努力阻止飞行车下坠——开始剧烈颤抖起来,仿佛飞行车即将自行解体。我看到有机玻璃罩噼里啪啦地迸裂,接着完全碎裂,碎片从我的脑袋旁飞速掠过。我向车外看去,想知道自己的高度。我啼笑皆非地发现,飞行车几乎正笔直地坠向一栋又宽又矮的建筑,而这栋建筑正是"反应股份有限公司"。

我距离地面已经很近了,我甚至看到了地面上的联邦部队。我怀疑"操作员"是否灵机一动想到了这个办法:让我随飞行车撞上"反应"大楼,同时除掉我和富勒的模拟器。

要是他果真有此打算,那他肯定忘了保护着这座城市的紧急防护网。飞行车在下坠至离大楼不到两百英尺时,三道耀眼的黄色光束蓦地从地面窜起,聚焦在已经彻底失控的飞行车上。

这三道光束吸收了飞行车下坠的冲击力,又在车底旋转起来,托着飞行车在城市数百英尺上空继续前行,朝最近的一家紧急接收站飞去。

但"操作员"不肯就此罢手。飞行车的引擎突然爆炸燃烧,车内顿时充满了炽热的高温。我别无选择。虽然距离接收站尚有一百英尺之高,我还是纵身跳出了飞行车。

幸亏"操作员"和我断开了连接。否则他一定会设法使我滑出接收光束。我平安地落在耀眼的锥形光束范围之内,然后被放到了接收站着陆台上,比飞行车还提前几秒。

交警和消防员从接收站里蜂拥而出,我毫不停留,立即跳下着陆台,从静态步行带上一跃而过,落在低速传送带上。不一会儿工夫,我已经挤过人群,踏上了高速传送带。

经过两个街区,我回到了静态步行带上,然后尽量泰然自若地走进最近的一家酒店。

大厅内，一台自动新闻播报机正用柔和且不带一丝感情的语气播报着今日的头条新闻：

"西斯金计划于明早向公众展示'幻世-3'！该机器将为人际关系学领域解决首个问题！"

西斯金的把戏已经提不起我的兴趣了。我搭乘传送带来到酒店大厅的最里面，发现在一株巨大的盆栽球兰后隐约放着两把椅子。身心俱疲的我一屁股坐上了离我最近的那把椅子。

"道格！噢，道格——快醒醒！"

一定是过度疲劳让我睡着了。我带着倦意逐渐醒来，发觉沉重的双腿有种刺痛的麻木感。接着我睁开双眼，发现金克斯坐在旁边那把椅子上。我大吃一惊。但她伸出一只手，放在了我的手臂上。

我抽开手臂迅速起身，试图跑回大厅人多的地方。然而我双腿一软，差点儿跌倒。我摇摇晃晃地站在那儿，颤抖不已，拼命想要向前迈步。

她站起身来，一把将我推回到椅子上。我疑惑地低头看着自己的双腿。

"没错，道格，"她说，"我用激光喷射了你的双腿，让你没法从我面前逃走。"

这时我才注意到，她的提包有个部位是凸起的，应该是把激光手枪。

"我知道——所有的事，"我冲口而出，"你不是我们的一员！你甚至不是虚拟的！"

她脸上没有惊讶，只有痛苦和不安。

"没错，"她柔声说道，"现在我也很清楚你已经了解了多少。但一小时前我俩在那所小屋的时候,我还不知道。所以我才会去森林,退出这个世界。我当时必须弄清楚你知道了多少——或者说他让你知道了多少。"

"他?他是谁?"

"'操作员'。"

"这么说,真有一个'操作员'?这个世界真的是仿真电子世界?"

她一言不发。

"而你也只是一个……一个投影?"我问。

"只是一个投影。"她沉重地坐回到椅子上。

要是她否认的话,我或许还会好受些。可是她却沉着脸坐在那儿,没有一句安慰的话。她在给我时间让我彻底明白,我只不过是一个虚拟反应单位。而她却是一个真实存在、有血有肉的人。我眼前看到的她,只是她真身的一个精致的投影。

她向我靠了过来,"可有件事你弄错了,道格!我根本没有玩弄你,我只是想帮你。"

我摸着自己被划破的脸颊,又低头看了眼自己被激光喷射后麻痹的双腿。但她并未领会我这么做是在讽刺她,而是继续说道:"今早我之所以退出投影,是因为我想和你进行一次共感连接。我必须知道你发现了多少真相。这样我才知道该如何向你说起。"

她将手放到我的手臂上,而我再次抽开了手。

"你差不多一直都误会我了。"她继续辩解道,"当初见你执意去调查那个你不该知道的秘密时,我实在很担心。"

"禁止任何虚拟单位知道的那个秘密?"

"对。我一直在尽我所能地阻止你。没错,是我销毁了富勒博士书房里的那些笔记——用物理手段销毁的。可事实证明我不该那么做,因为这让你的疑心更重了。其实我们应该通过改写程序来抹掉它。但当时我们正忙于操纵那些民调员罢工,实在没空处理这事。"

她朝大厅前方望去,"那天早晨在大街上,我甚至还操纵了一个民调员跑去警告你,叫你别再管这事儿。"

"柯林斯沃思也是?是你操纵他来说服我别再管这事儿的?"

"不,那是'操作员'做的。"

难道她想让我相信,柯林斯沃思被残忍杀害一事和她无关吗?

"噢,道格!为了让你忘掉富勒的死,忘掉林奇,忘掉你的疑惑,我使尽了浑身解数。但你带我去餐厅吃饭那晚,我以为我失败了。"

"可我当时不是告诉过你,我确信那一切都只是我的幻觉吗?"

"对,我知道。但我当时并不相信你。我以为你只是在耍我。后来等我回家从直连投影退出后,'操作员'告诉我他刚刚检查过你。他说你终于相信自己患了伪妄想症,我们也终于可以集中精力去毁掉富勒的模拟器了。

"噢,第二天和你通电话时我才知道,你在我退出投影后进屋找过我。但我对此只是一笑了之,而你似乎也相信了我的说辞。至少你之后的所作所为都没让我起疑心。"

我挪动身子,离她远了一些,"然后你就全力对我示爱,好让我远离真相。"

她垂头看着自己的双手,"你这么想我完全理解。但事实并非如此。"

她似乎无比纠结,纠结到底该如何向我证明她没有玩弄我。但她却这样说道:

"接着,当你昨天遇到那些事后,我才发现情况不对。我当时的第一反应是尽快赶到你所在的地方。可等我到了以后才发现这不是明智的做法。因为我当时还不清楚你对真相了解多少,也不清楚你对我的看法。在这种情况下,我实在不知道该从何向你说起。

"所以,我一抓住机会,就再次退出了投影,然后通过直连共感回路和你进行了连接。噢,道格,这听起来容易做起来难。因为'操作员'基本上一直都和你连着。我只好选了一条并联回路。和你连接时我必须非常小心——这样他才不知道我在干什么。

"我和你连接后,马上就知道了一切。我万万没想到——噢,道格,他竟然如此邪恶,如此没有人性!"

"你是说那个'操作员'?"

她低下了头,似乎有些难堪,"我以前也知道他有这方面的倾向,但我不知道他陷得有多深。我没想到他大多数时候都在通过玩弄你来满足他那邪恶的欲望。"

她又一次朝大厅前方望去。

"你在看什么?"我直接问道。

她回过头来看着我,"警察。他可能已经把你回城市的消息写入警方的程序了。"

我随即恍然大悟。现在我终于明白她为什么要坐在这儿和我讲话了。

我伸手去抢她的提包,她立刻从椅子上跳开。

我竭力迈动灌了铅似的双脚,一瘸一拐地跑去抓她。

"不,不——道格!你误会了!"

"我没误会!"我不住地咒骂自己的双腿,因为它们难以支撑我的体重,"你只是在拖延时间,好让'操作员'把警察引来!"

"不!不是这样的!你要相信我!"

我设法把她逼到了一个角落,一步步向她靠近。

但她却掏出激光手枪,喷射我的双臂和胸口。接着,她调窄激光束,朝我的喉咙也喷射了一下。最后,她把激光束调到最宽,快速扫过我的头部。

我像醉汉似的站在那儿,东摇西晃,双眼微睁,意识模糊。

她把枪放进提包,然后抬起我的一只软绵绵的胳膊搭在她的脖子上。她另一只手扶着我的腰,勉力朝电梯走去。

一对老夫妇从我们身旁经过,男的对金克斯微微一笑,女的则轻蔑地瞥了我们一眼。

金克斯一边报以微笑,一边说:"噢,这些会议真是累死人!"

抵达十五楼后,她几乎是扛着我全身的重量来到了左手的第一道门前。门锁识别出她的生物电容后应声打开,她扶着我进了屋。

"我在大厅里叫醒你之前订了这间房,"她解释道,"我料到你肯定听不进我的话。"

她松手让我横倒在床上,然后把我的身子摆正,低头注视着我。我琢磨着在这副毫无表情的美丽面孔之后究竟隐藏着什么。成功的喜悦?怜悯同情?犹豫不决?

她再次掏出手枪,将激光束稍微调窄,然后对准我的头部。"我们暂时不用担心'操作员'。谢天谢地,他需要时间休息一下。你也一样。"

她扣下了扳机。

16

我醒来时,窗外璀璨的灯火已经涌入了室内。我一动不动地躺着,决意在确定她的方位之前,不让她知道我已经醒了。我轻轻动一下胳膊,然后是腿。丝毫感觉不到疼痛。至少她用激光对我喷射时还是很小心的,只造成了很少的副作用。

床边的椅子上有些动静。要是我能在不被她察觉的情况下把头转向她那边,我应该能弄清楚那把枪放在何处。

这时我忽然意识到,我已经昏睡了至少十个小时。但什么事都没有发生。西斯金的警察没有来,"操作员"也没有将我删除。更重要的是,金克斯也没有利用这间酒店房间给她提供的掩护,用激光束给我致命一击,而这无疑是除掉我的最容易的方法。

"你不是醒了吗?"她清脆的声音划过这间光线昏暗的屋子。

我翻身坐了起来。

她站起身,举手到控制顶灯开关的生物电容识别范围内,顶灯随即亮起。她又挥了挥手,将灯光的亮度调至柔和,然后来到床边。

"感觉好些了吗?"

我没有回答。

"我知道你一定很困惑,也很害怕。"她在我身旁坐下,"我也是。所以我们不能互相为敌。"

我环视了一眼房间。

"枪就在那儿。"她指着椅子说道。接着,似乎是为了表示自己的诚意,她伸手把枪拿过来,递到我的面前。

或许刚才睡的那一觉已经祛退了我的疲劳,我开始有些相信她了。但要是把枪放在我的口袋里,我也一样可以相信她。于是我从她手上接过了枪。

她走到窗边,注视着窗外那片虚拟的万家灯火,"明早之前他都不会来打扰你。"

我试着站到地上,动了动双腿。没有麻痹感。没有一点被激光喷射过的迹象,连有时会随之而来的隐隐头痛也没有。

她转过身来,"你饿不饿?"

我点了点头。

她走到自动点餐机旁,打开取物口,然后端来自动加热托盘,放到床边的椅子上。

我试着吃了几口,"你想让我相信你在帮我。"

她闭上双眼,"是的。但其实我也帮不了你太多。"

"你到底是谁?"

"金克斯。不,不是金克斯·富勒。我们的姓不同,这不重要,名字并不重要。"

"你们把金克斯·富勒怎么了?"

"她从未存在过。几个星期前她才出现。"我刚要质疑,她立刻点了点头表示理解,"没错——你确实认识她很多年了。但这只是因为设置的程序让你产生了这种记忆。你瞧,当初同时发生了两件事:富勒博士推断出了这个世界的本质;而在上层世界,我们认为富勒的模拟器会造成麻烦,必须毁掉。于是我们决定派一名观测员到下面来监视事态的发展。"

"我们?是指——谁?"

她向上方快速地看了一眼,"仿真电子学家。我被选为了观测员。我们通过回溯程序修改了富勒的过去,让他有了一个女儿。"

"可她还是个孩子的时候我就认识她了呀!"

"每一个人——每一个和她有关的虚拟反应单位——都被修改成在她还是个孩子的时候就认识她了。只有这样,我才能合理地存在于下面这个世界。"

我又吃了几口东西。

她看向窗外,"离天亮还有几个小时。在那之前我们都是安全的。"

"为什么这么说?"

"即便是'操作员'也没法一天二十四小时待在模拟器里。这个世界和真正的世界的时间是一致的。"

无论我如何琢磨,她现在待在这儿的目的无非只有以下两种可能:要么是打算协助'操作员'毁掉富勒的模拟器,要么是打算确保我被删除。除此以外绝无其他可能。因为我在心里做了一个这样的类比——假设自己进入了富勒模拟器里的虚拟世界。在那下面,我肯定会把自己视为一个真人的投影,把周围的人都视为虚拟人。我绝不可能去关心任何一个渺小的虚拟单位的那些微不足道的小事。

"你待在这儿的目的是什么?"我直截了当地问。

"我想和你在一起,亲爱的。"

亲爱的? 她到底觉得我有多天真? 难道我会相信一个真实存在的人会真的爱上一个虚拟反应单位——一个仿真电子的幻影吗?

她把僵直的手指地放在嘴前,显然十分焦虑,"噢,道格——你不知道那个'操作员'有多么残忍!"

"不,我知道。"我痛苦地说。

"直到昨天我和你进行连接后,我才意识到他在干什么。我随即便发现了他一直以来的所作所为。你也知道,对于他的模拟器,对于这个虚拟世界来说,他有着至高无上的权力。从某种意义上讲,他就是这个世界的上帝。至少他现在是这么想的。"

她顿了一下,盯着脚下的地板,"我觉得最开始他只是想毁掉富勒的模拟器。他必须这么做,因为假如富勒的模拟器成功投入运行,我们的反应-探寻系统——也就是那些民调员——就失去作用了。我同样觉得,他最开始只是打算人道地除掉那些发现了这个仿真电子世界本质的虚拟反应单位。

"你越界以后,他本来想杀了你——干净利落,不带一丝个人感情。可后来发生了一些事。我觉得他肯定是在折磨你的时候感受到了极大的乐趣。于是他突然不打算杀你了——至少不想那么快就动手。"

我若有所思地插嘴道:"柯林斯沃思之前也说过,仿真电子学家在这个过程中可能会把他们自己视为神。"

她一脸严肃地看着我,"还有一点你得记住:柯林斯沃思对你说这些话时,其实是'操作员'操纵他这么说的。"

我又吃了几口食物,然后将托盘推到一旁。

"直到昨天我才发现,"她继续道,"他本来只需要改写你的程序,就能让你忘掉真相。对他来说,这事易如反掌,可是他没有这样做。他在玩弄你的过程中使自己的变态欲望获得了极大满足。他先是让你接近富勒的秘密,然后又把你推开,就这么一直引着你,把你引向他为柯林斯沃思安排的那种命运。"

我顿时全身僵硬,"你是说他打算把我肢——"

"我也不知道。他的行为难以预料,所以我才必须到下面来,和你待在一起。"

"你能做什么?"

"可能什么也做不了。我们只能走一步算一步。"

她急切地张开双臂抱住了我。难道她想让我相信,她之所以要和我待在一起,是因为她不忍心看到我被上层世界的某个人折磨?得了吧,她的表演实在太假了。

"金克斯,你是一个真实存在的人,而我只是某人虚构出来的产物。你绝对不可能爱上我!"

她往后退了一步,显然很伤心,"噢,我真的爱你,道格!这……这很难解释清楚。"

我也觉得这很难解释清楚。她在床边坐下,犹豫不决地看着我,目光里充满了焦虑。

我将手伸到衣服口袋里,摸到了那把激光手枪。我确认激光束的范围已经调至最宽。于是我突然掏出手枪对准了她。

她目瞪口呆,开始起身,"不,道格——别开枪!"

我瞄准她的头部,短暂地喷射了一下,她随即失去意识,瘫倒在床上。这一击至少能让她昏迷一个小时。

没有她在一旁给我的压力,我总算可以四处走动,进行一番思考了。很快,我就明白了自己接下来该怎么做。

我一边琢磨着自己的计划,一边抓紧时间洗了个澡,用浴室里的自动剃须刀刮了胡子。我在私人订制售货机上选择了符合我身材的尺寸,然后等着用塑料袋包装好的一次性衬衫出现在取物口。

收拾完毕后,我看了下时间。已经是深夜了。我回到床前,低头看着金克斯。我把枪放在枕头上,然后在床边跪了下来。

她那头披散的黑发柔顺而富有光泽。我把双手伸进她柔软的头发里,手指沿着她的头皮摸索。在确定了矢状缝①的位置后,我又向回摸索,全程始终用力按着她的头皮。最后,我终于找到了那处极浅的凹陷部位。

我用一根手指压在那个部位,把激光手枪的聚光点调至合适的范围,用枪口对准手指所按的部位。我短促地扣动了一下扳机,为保险起见,又扣动了一次。

有那么一瞬,我觉得自己的行为十分荒唐,我竟然在对一个无形无实的投影做手脚。这个虚拟世界是——也必须是——如此逼真,对肉体施加的任何行为都会产生与现实世界一模一样的效果。连投影也不例外。

我往后退了一步。现在再让她骗我试试看!由于她的意志中枢已被激光束击中,我现在可以相信她说的任何话,至少接下来几个小时都是如此。

我走到她面前俯下身,"金克斯,能听见我说话吗?"

她闭着眼睛点了点头。

"你不许退出投影,"我命令道,"听明白没?除非我下命令,否则不许退出投影。"

她再次点了点头。

---

①人体解剖学名词。从颅骨顶面观察,左右顶骨之间。

十五分钟后,她从昏迷中苏醒。

她坐在床上,我在她面前来回踱步。由于意志中枢被激光束击中,她的身子有些摇晃。她那双明亮的眼睛出神地盯着前方,但目光却很稳定。

"站起来。"我说。

她随即站起。

"坐下。"

她又顺从地坐了下去。

显而易见,我准确地击中了她的意志中枢。

我抛出了第一个问题:"你刚才对我说的那些,有多少是假话?"

她依旧出神地盯着前方,面无表情,"一句也没有。"

我大吃一惊。这下可好,一来就碰了壁。但那些话不可能全是真话!

我一边回想第一次和她见面时的情形,一边问:"你还记得那幅'阿喀琉斯和乌龟'的素描吗?"

"记得。"

"可是你后来却否认见过那幅素描。"

她什么也没回答。我马上明白了她默不作声的原因。因为我没有向她提问,或命令她说话。

"你后来是不是否认你见过那幅素描?"

"是的。"

"为什么?"

"我必须误导你,防止你发现那个致命的真相。"

"是'操作员'让你这么做的?"

"不完全是。"

"还有什么原因?"

"因为我爱上了你,我不想让你卷入危险。"

我又碰了壁。我很清楚,她不可能真的爱上我,正如我不可能爱上富勒那部模拟器里的任何虚拟单位一样。

"那幅素描到底去哪儿了?"

"被删除了。"

"当场删除的?"

"是的。"

"解释一下过程。"

"我们知道有这么一幅素描。'操作员'杀死富勒后,我花了一周时间在作废的存储磁鼓中搜查,寻找任何他可能留下的、与他的'发现'有关的线索。我们——"

我打断她道:"你当时一定发现,他把那个秘密告诉了莫顿·林奇。"

她直直地盯着前方,没有说话。我刚才没有提问。

"你当时是不是发现,他把那个秘密告诉了林奇?"

"是的。"

"那你们为什么不立即删除林奇了事?"

"因为这样就必须改写很多虚拟反应单位的程序。"

"你们最后决定删除林奇的时候,还不是得改写他们的程序。"我等了一会儿,然后才意识到又忘了提问。于是我重新组织了一下语言,"你们当时为什么不把这个世界的程序修改成本来就不存在林奇这个人?"

"因为他当时似乎不打算把富勒告诉他的事告诉别人。而我们当时也相信他最终会说服自己,把富勒对他说的那些话当作自己的幻觉。"

我停下来整理了一下思路,"你刚才正讲到富勒的素描是如何消失的。现在继续吧。"

"在搜查他那些作废的存储磁鼓的过程中,我们发现了那幅素描。我去'反应'收拾他的个人物品时,其实是在继续寻找,看有没有遗漏的线索。'操作员'决定在那个时候删除素描,顺便测试删除调制器的运行效率。"

我再次开始在她面前踱步。我很满意,因为我终于彻底搞清楚了真相。不过我还想知道所有的事。从她口中我或许能得知,自己是否还有机会逃出"操作员"的魔掌。

"如果你是上层世界的真人,你是怎么让自己的投影一直待在下面这个世界的?"我提这个问题是因为我突然想到,我无法通过直连监测回路一直待在富勒的模拟器里。

她机械而不带一丝感情地回答道:"每到晚上我并不会睡觉,而是回到上层世界。在这个时间段,我有理由不和这儿下面的虚拟反应单位接触,我便会退出投影。"

她的说法符合逻辑。她在投影沙发上躺了多久,就相当于在现实中睡了多久。如此一来,她的身体对睡眠的需求便能得到充分保障。至于其他生理需求,可以在退出这个世界后解决。

我突然面对着她,问了一个关键的问题:"你如何解释爱上我这件事?"

她轻描淡写地说:"你很像我在上层世界爱过的一个人。"

"谁?"

"'操作员'。"

我有种预感,真相即将大白。我想起来了,"操作员"最近几次与我进行共感连接时,我总会产生一种奇怪的感觉,觉得自己和他有某种莫名的相似之处。这感觉看来应验了。

"那个'操作员'是谁?"

"道格拉斯·霍尔。"

我难以置信地往后退了一步,"我?"

"不是。"

"可你刚才明明这么说的!"

一阵沉默——因为我没有提问。

"'操作员'怎么可能同时是我又不是我呢?"

"这和富勒博士对莫顿·林奇做的那件事类似。"

"我没懂你的意思。"我等了一会儿,她却没有反应,"解释一下。"

"富勒搞过一个恶作剧,他在自己的模拟器里复制了一个虚拟的林奇,而道格拉斯·霍尔在他的模拟器里复制了一个虚拟的自己。"

"你是说我和那个'操作员'完全一样?"

"从某种程度上来说,是的。你们的外观一模一样,但人格却截然不同。现在我已经知道,上层世界的那个霍尔是个自大狂。"

"所以你不爱他了?"

"不,我早就不爱他了。多年以前他就已经变了。我现在甚至怀疑,还有其他的虚拟反应单位也在一直被他折磨。他先折磨他们,然后再删除他们,以此来销毁可能储存于他们回路中的证据。"

我来到窗边,望着窗外拂晓的天空。我实在想不通——一个真实存在的人,竟然会通过观看虚拟人遭受虚拟的痛苦来满足自己的变态欲望。不过话又说回来,所有的虐待狂确实都热衷于欣赏别人的痛苦。况且在仿真电子世界里,虚拟人被折磨后的反应与现实世界中的人被折磨后的反应是完全一样的。

我终于开始理解金克斯之前的那些态度、动机和反应了。我转身走回到她身边,"你是什么时候发现'操作员'在他的模拟器里复制了一个虚拟自己的?"

"我开始为这次投影任务做准备的时候。"

"你为什么认为此事是他做的?"

"一开始我也不知道,但现在我确定就是他。这涉及了无意识动机。有点儿像道林·格雷①效应。他这么做是为了暂时满足他的受虐心理。但他可能没有意识到,他其实一直在通过折磨自己的虚拟化身来排解他的负罪感。"

"我在这儿下面存在多久了?"

"十年,我们通过详细地回设程序给了你一个真实的身世。"

"这个虚拟世界本身存在多久了?"

"十五年。"

我一屁股坐回到椅子上,感觉身心俱疲。科学家们花了多少个世纪来研究地上的岩石,探索天上的星辰,挖掘地下的化石,搜寻月球的表面,归纳他们那些合乎逻辑的完美理论,最后得出了一个结论:这个世界已经存在了五十亿年。而这么多年以来,自始至终他们的结论却几乎与真相完全不沾边。这真可谓滑天下之大稽。

窗外,黎明的第一抹曙光如一道细长的新月缓缓爬上了地平线。现在我终于明白金克斯为何会爱上一个无形无实之人了。

"你在富勒的办公室第一次见到我时,"我温和地问,"你便

---

①奥斯卡·王尔德的小说《道林·格雷的画像》中的主人公。

发现,我比上层世界的那人更像你曾经爱过的那个道格拉斯·霍尔?"

"在这之前,在进行投影任务的准备工作期间,我就已经见过你很多次了。而每一次我观察你的举止、倾听你的谈吐、感受你的思想时,我都知道,我在上层世界失去的那个迷失在自己模拟器里的道格·霍尔,在下面这个世界,在同一部模拟器里,又再次出现了。"

我走过去握住她的手。她并未抗拒。

"而现在你想留在这个世界,和我在一起?"我用稍带调侃的语气问。

"无论多久,直到最后。"

我本来打算命令她退出投影,回到她自己的世界,但她这句话却无意中提醒了我:我还没有问她那个最重要的问题。

"'操作员'准备怎么处理富勒的模拟器?"

"他已经无能为力了。这儿的局势已经失控,几乎所有人都下定决心捍卫富勒的模拟器。因为他们相信,富勒的模拟器将把他们的世界变成一个乌托邦。"

"那么,"我震惊不已地问,"他打算摧毁这个世界?"

"他必须这么做,他已经别无选择。上次退出投影时我发现了他的计划。"

我灰心丧气地问:"我们还有多少时间?"

"他现在只等着走个过场,咨询一下他的顾问团。他今早就会和他们会晤,然后就会关闭模拟器的总开关。"

17

旭日东升,朝霞满天,我站在窗前,看着这座城市渐渐焕发出生机。天空中,军用运输车不断呼啸而过,载着换防部队前往数个街区之外的"反应"大楼。

一切看起来都是那么微不足道!一切决心和命运都是那么毫无意义!外面那些人都是那么愚昧无知!

世界末日即将来临。但知道的人却只有我。

这一刻,芸芸众生仍然循着其往日的轨迹:传送带上,人群摩肩接踵;行车道上,飞行车川流不息;森林中,树木蓬勃地生长;动物们在树丛间悠然徘徊;波光潋滟的湖水荡着阵阵微波,恣意地拍打着堤岸。

而下一刻,这一切幻影就将烟消云散。无数换能器中,奔涌不息的电流将骤然停止;从阴极跳向阳极的途中,连绵不绝的电流将遽然止步;成千上万个存储磁鼓里,源源不断奔逐在触点之间的电流也将溘然而息。只此一瞬,这个生机勃勃、安稳祥和的世界就会在若干回路的中和下化为乌有。在这终极一霎,随着所有仿真电子的消逝,这个世界将就此荡然无存。

我转过身来,发现金克斯仍然一动未动。我走到她面前,低头注视着她——即便发着呆,她也依然如此美丽。她不想让我知道这个世界即将毁灭。她是真的爱我,她想陪我一起灰飞烟灭。

我蹲下来,双手捧住她的脸颊,感受着她脸上的柔滑肌肤,手指触及了她的黑色秀发。她的发丝虽不及脸蛋那般柔滑,却也如丝绸般柔顺。在这个世界,她只是自己真身的投影。在上层世界,她也一定如此美丽吧。这样的雪肤花貌,绝不能因为一场错误的爱情引发的殉情之念,而白白葬送在此。

我捧起她的头,依次吻了她的额头、她的柔唇。她好像有一丝反应?我顿时担心起来,因为这说明她的意志中枢正在从麻痹状态中复苏。

我不能冒险让此事发生。我不能让她在这个仿真电子世界毁灭的那一刻还困在下面这个世界。倘若到时她还困在这里,她的真身和投影都将随之玉殒香消。

"金克斯。"

"嗯?"她的眼睑动了一下,这是数小时以来第一次。

"你马上退出投影,"我命令道,"不许再投影下来。"

"我马上退出投影,不许再投影下来。"

我退后一步,等着她执行我的命令。

可等了一会儿,她却没有反应。于是我焦急地重复道:"你马上退出投影——马上。"

她开始颤抖起来,身形也变得模糊不清,仿佛正置身于烈日烘烤下的行车道升腾而起的对流气流中。

但这种现象随即便消失了,她的身形再次恢复了清晰。

要是我无法让她回去,那该怎么办?我绝望地伸手去掏激光手枪。要是再喷射一次她的意志中枢,说不定——

可我却犹豫了,"金克斯!退出投影!我在命令你!"

她的面孔扭曲起来,表情中充满了抗拒和恳求。

"不,道格。"她喃喃低语道,"别让——"

"退出投影!"我大吼道。

她的身形再次模糊起来,然后消失了。

我把枪放回衣袋,一屁股坐到了床沿上,心中充满了无助之感。现在呢?我除了等待还能做什么?我该如何去反抗一个无所不能的敌人,一个无所不能的自大狂?

最后一刻会何时降临?在此之前我会安然无恙吗,抑或他还会抽时间来折磨我?我会和世间万物同时被删除吗?还是说在这之前他会给我来点特别待遇,就像他为埃弗里·柯林斯沃思安排的命运那样?

暂且先不管他会如何对付我,我依然在琢磨,到底还有没有办法能使他改变主意,让他放弃摧毁他创造的这个仿真电子世界。

我开始回溯事情的来龙去脉。他的模拟器目前正不可避免地面临失去存在意义的威胁。因为身处一部模拟器之中的富勒,又造出了一部模拟器。这两部模拟器的用途是一样的,都是通过搜集虚拟人的反应来试探民意,而不是从现实世界搜集民意。

可是,一旦富勒的模拟器投入运行,上层世界的模拟器将再也没有用武之地。因为一旦"反应"开始为这个世界的商人、政府、宗教组织、社会服务人员提供民意预测服务,那些民调员就会被挤下历史舞台。

解决办法显而易见:必须找到一个挽救舆情监测员协会的

方法,这样他们才能继续为上层世界试探下面这个世界的民意。

可到底该怎么做呢?

除了舆监会,这个世界的人无一不在捍卫富勒的模拟器。因为西斯金利用这部模拟器为他们承诺了一个美好的未来。

噢,上面那位"操作员"当然可以直接摧毁富勒的模拟器。再引爆一枚铝热炸弹,甚或降下一道闪电。可即便如此也无济于事。因为就算他摧毁了富勒的模拟器,人们也会立刻重建一部,而且他们会把此事归咎于民调员,并将怒气撒在舆监会身上。

无论如何分析,舆情监测员协会这次都在劫难逃。这样一来的后果便是,这个世界,这个虚拟世界,将不得不被上层世界彻底抹去。只有这样,一切才能从头开始。

我再次来到窗前,看着巨大的红日升上天空,逼退黎明的朦胧。这颗太阳再也无法抵达地平线的另一端了。

就在这时,我察觉到房间里多了个人。我感觉后方有一丝极轻微的动静——一个几乎听不见的脚步声。

我对自己的感觉很有把握,于是假装漫不经心地将手伸进衣服口袋。我拔出枪来,猛然转身。

是金克斯。

她盯着我手中的激光手枪,"你这么做无济于事,道格。"

我将手指搭在扳机上,"为什么?"

"无论你用激光对我喷射多少次都于事无补。你可以让我丧失意志力。但每次我退出投影后,我的意志中枢都会从麻痹状态中恢复。而每次我都会回来。"

我沮丧地把枪放回衣袋。看来来硬的行不通。我得想个其他的办法。晓之以理?让她明白最后一刻来临时她不能留在这下面?

她向我走来,"道格,我爱你。你也爱我。我是通过共感连接知道的。我和你在一起不需要其他任何理由。"

她将一只手放在我的肩膀上,但我侧身退开了,"假如我们现在进行连接,你会发现我不希望你被困在这儿。"

"我明白,亲爱的。我想我也不希望你被困在这儿。可是,不管怎么样,我不会回去的。"

她转过身去俯瞰窗外的城市。从她转身时肩膀的动作来看,她的决心已经不可动摇。

"'操作员'还没有和你进行连接,对不对?"她问。

"还没。"这时我想到了该怎么做才能在全面删除前让她退出这个世界——并且再也无法回来。

"关于他的共感连接手法,你的判断是对的。"她若有所思地说,"通常情况下,虚拟反应单位不会察觉自己被连接了。但想让虚拟人在连接过程中感受到痛苦,你只需要让调制器稍微失调就行。"

她刚才说,无论我用激光麻痹她的意志中枢多少次,她最后都会回来。我知道她没有虚张声势。那么,我只要在最后一刻即将来临之前命令她回去就行了——这样她就来不及回来了。

我可以乘她不备抓住她,把她打晕,用激光麻痹她的意志中枢——我不妨现在就动手。当然,这会使她沦为一个唯命是从的木偶。只不过她服从的是我的命令。然后我就可以坐下来,祈祷这个世界在被删除之前会出现一些征兆。说不定天上这颗太阳,或是其他什么重要道具,会首先开始凭空消失。一旦出现此类现象,我只需要命令她退出投影,不给她再次投影回来的时间即可。

可是当我手持激光手枪向金克斯靠近时,她却从窗户中反射的影子发现了我。

"放下枪,道格。"她镇定地说,"枪里已经没有能量了。"

我低头看向计量表,指针指着零。

"刚才你让我回到上层世界后,我本来可以早点回来的。"她解释道,"但我抽时间清空了这把枪的能量。"她坐到沙发上,双腿蜷曲在身下。

我垂头丧气地站在窗前。窗外,各条传送带上的人越来越多。他们大部分前往"反应股份有限公司"那个方向。西斯金安排的这场公共演示成了万众瞩目的焦点。

我猛然转过身来,"可是,金克斯,我只是个幻影啊!"

她莞尔一笑,"我也是呀——从现在起。"

"可你是真实存在的,你有一具真实存在的肉体!"

她指了指沙发,示意我过去坐下,"可说到底,我们又怎么知道那些最真实的人不是虚拟的呢?没人能证明自己的存在,不是吗?"

"该死的哲学!"我重重地在她身旁坐了下去,"我现在在跟你谈现实的问题,有意义的问题。你既有肉体,又有灵魂,而我两者都没有!"

她依然微笑着,用一块手指甲在我的手背上戳了一下,"瞧,你也有肉体呀。"

我抓住她的手臂,让她转向我这边,"看在上帝的份上,金克斯!"我恳求道,但我心里明白,我已经无法说服她回到自己的世界了,"我在和你说正经的!"

"不,道格。"她意味深长地说,"即便在我那个世界,人们也根本无法证明自己的肉体是真实存在的。

"至于灵魂,谁说一个人的灵魂就必须配一具等量的肉体?要真是这样的话,那一个因截肢而身材矮小的人,和一个因甲状腺机能失调而身材高大的人相比,前者的灵魂就应该比后者的灵魂少了——无论在哪个世界里。"

我注视着她,没有说话。

"你还不明白吗?"她继续严肃地说,"不要因为我们身在虚拟世界,就把上帝和一个无所不能、狂妄自大的模拟器'操作员'混为一谈。"

我点了点头,开始明白她的意思了。

"真正重要的是人的思想。"她的语气坚定不移,"假如人死后灵魂还会继续存在,那么无论是这个世界的虚拟人,还是富勒那部模拟器里的虚拟人,或是我那个世界里真实存在的人,他们死后灵魂都将继续存在。"

她的脸颊靠上我的肩膀,"这个世界已经没法儿救了,道格。但是我不在乎,一点儿也不在乎。你瞧,我在上面失去了你,却在这儿下面又找到了你。假如你是我,你一定会和我有相同的想法,而我一定会理解你的。"

我吻了她一下,仿佛下一秒整个世界马上要灰飞烟灭。

她心满意足地说:"要是他打算让这个世界再多存在几天,我会回到上面去——但只是去给调制器预设一道冲击电压,然后我就会回来。几秒钟后,我的投影和我真身之间的连接就会断开——彻底断开。然后我将永远成为这个仿真电子世界的一部分。"

我无话可说。我本来打算说服她,可现在她却反过来说服了我。

此时,朝阳已经和窗户齐平,我们沐浴在温暖的阳光中。

"他还没有和你连接,对吗?"她问。

"还没有。为什么问这个?"

"我很担心,道格。他在关掉模拟器之前可能还会来折磨你。"

我感觉她的肩膀在发抖,于是我伸出胳膊搂住了她。

"你被他连接的时候一定要告诉我,好吗?"她恳求道。

虽然点了点头,但我还是问了句"为什么?"。

"因为当他发现我也在下面这个世界——而且再也不会回去时,或许能对他产生一点儿影响。"

我在心里琢磨着上层世界那个道格拉斯·霍尔。从某种意义上讲,我和他只是同一个人的两个不同面。"他按照自己的形象创造了我,"①我的脑海中出现了这句话。但我随即打消了这种带有神学意味的想法。他是人,而我也是人。当然,他的力量远远凌驾于我之上。但除此以外,将我们隔开的只不过是一道仿真电子屏障——正是这道屏障,令他心乱智昏,扭曲了他的心灵,让他产生了唯我独尊的错觉,使他变成了一个自大狂。

他对虚拟人进行百般折磨,然后残忍杀害;他肆意地操纵玩弄他们,毫无怜悯之心。可是,从道德上来讲,他真的有罪吗?他的确夺去了两条生命——富勒和柯林斯沃思的生命。可是他们并没有真正存在过。他们的意识和生命是虚拟出来的,是他通过自己的模拟器里那些错综复杂的回路给予他们的。

但我随即摒弃了这种妄自菲薄的推理。我绝不能帮上面那个霍尔开脱罪责。他确实杀了人,而且手段极其残忍。他在处

---

①出自《圣经·创世纪》1章27节:"神就照着自己的形象造人,乃是照着他的形象,造男造女。"

置那些发现了真相的虚拟人的过程中,没有表现出一丝同情之心。他残忍杀害的不仅是虚拟反应单位,而是真正的人类。因为自我意识才是衡量存在的唯一标准。

Cogitoergosum,我提醒自己道。我思,故我在。

此乃真理。

我起身回到窗边,注视着外面那些人满为患的传送带。我甚至看到了"反应"大楼的一部分。那里又是另一派热闹的景象。大量焦急万分的民众——都急不可耐地想去观看西斯金为他们演示模拟器——已经把行车道挤得水泄不通,把传送带压得寸步难行。

"'操作员'还没有和你连接?"金克斯问。

我摇了摇头,视线没有从越聚越多的人群身上移开。就是这些人——这些虚拟反应单位,我心想,妨碍到了"操作员"。把他们推上绝路的,正是他们自己。

民众对模拟器的这种向往和热情,好似一道坚固的屏障,保护着富勒的模拟器。而要想这个世界继续存在,就必须彻底摧毁这部模拟器。

说来也真是讽刺。西斯金单凭自己就控制了民意。他操控这些民众的效率,甚至比"操作员"更胜一筹。他利用的只是大众对未来的憧憬,而"操作员"依靠的却是仿真电子程序。

要想扭转这股势不可挡的民意,"操作员"基本上得改写每一个虚拟反应单位的程序。这是件极其繁复的工作。相比之下,删除所有回路然后重新开始要容易得多。

我突然绷直了身体,转身看着金克斯。我灵机一动,连嘴都合不上了。

她紧紧抓住我的手臂,"道格!是——他吗?"

"不,金克斯,我想到了一个计划!"

"什么计划?"

"说不定我们能拯救这个世界!"

她失望地叹了口气,"我们在这下面什么也做不了。"

"不一定。虽然机会渺茫,但或许能够成功。这个世界——这部'操作员'的模拟器——如今之所以危在旦夕,正是因为这些民众,这些虚拟反应单位,不惜一切代价执意要保住他们的模拟器。我说的对不对?"

她点了点头,"他已经无法改变他们的信念和想法了,除非把他们的程序全部改写。"

"他的确已经没有办法了。但说不定我有!外面那些民众之所以都支持西斯金,是因为他们相信西斯金的模拟器能改变他们的世界。

"可是你想想,要是他们发现了西斯金的真正目的,发现他只不过是想成为他们至高无上的主宰,发现他和党在阴谋奴役他们,发现他根本没打算用'幻世-3'来为他们开创一个美好的未来——结果会怎么样?"

她蹙起了眉头。我不知道她是被我的说法动摇了,还是准备反驳我。

"你还不明白吗?"我继续道,"他们自己就会去摧毁模拟器!他们一定会大失所望,以至于对西斯金反戈相向!他们甚至还可能去推翻党!"

她依然无动于衷。

"从此以后,这个世界将再也没有富勒那种模拟器的容身之地。而接下来,上面那位'操作员'的工作就很简单了。他只需要改写几个人的程序,比如西斯金、希思和惠特尼,让他们对仿真电子学彻底失去兴趣。"

"可即便如此,你也不会幸免啊,道格。你没发现吗?就算你真的拯救了这个世界,你也只是给了'操作员'大把时间来尽其所能地折磨——"

"我们不能只担心我的安危!外面可是有成千上万条无辜的生命啊,他们对自己的命运一无所知!"

我能理解她对我的担心。但我比她更同情这个世界的人,因为我就是他们中的一员。

她严肃地问:"那你打算如何向他们揭露西斯金的阴谋呢?时间已经所剩无几了。"

"我准备就这么直接走出去告诉他们。说不定'操作员'也会看到我的所作所为。然后他会发现,他完全没必要毁掉这个世界。"

她双臂交叉抱在胸前,斜倚在墙上,不为所动。

"你根本不会有机会告诉他们,"她说,"西斯金已经动用了所有警力在找你。他们一旦发现你就会立即开枪!"

我抓住她的手腕朝门口走去。

她用力甩开了我的手,"就算你成功了,亲爱的——就算你没有被激光枪击倒,而且还成功说服了外面的所有民众——他们也只会把你视为西斯金的同党。到时候他们会将你大卸八块的!"

我拉着她向门口走去,"来吧。不管怎样,我都需要你的帮助。"

18

走出酒店，我发现传送带上已经挤满了前往"反应"的民众。我登上低速带，然后把金克斯拉了上去。我们在抵达这条街区的尽头之前跨到了中速带上。高速带我们根本挤不上去。

前方爆发出一阵山呼海啸般的欢呼声，期间还不时响起热烈的掌声。一分钟后，西斯金的专车从"反应"大楼前的着陆岛腾空而起，朝"巴别中心"的方向飞去。

这时我终于发现，我周围的人群有些异常：一个民调员都没有。我明白，这意味着舆监会已经放弃履行他们的职责了——而这同时也意味着，上层世界的模拟器已经失去了它的反应-探寻系统。

金克斯一言不发地站在我身旁。她双眼直视前方，一脸严肃，对周遭的一切毫不在意。

我的思绪也飘向了远方，飘到了那个我无法触及的世界。我试着去想象那位"操作员"此时在做什么。由于我们两个世界的时间一致，他现在肯定已经睡醒了。

说不定此刻他正在和他的顾问团会晤。这一点从他还没有和我进行连接就能看出。我毫不怀疑,一旦走完例行程序,他肯定会迫不及待地和我连接。那意味着最后一刻的来临。

在众人体重的重压下,传送带的移动速度堪比蜗行。我右手边那些乘客轻而易举地就从高速传送带上跨了下去,汇入人海,继续朝两个街区之外的"反应"大楼前进。

金克斯将我的手握得更紧了,"有他和你连接的迹象吗?"

"还没有。我想他可能还在和他的顾问团开会。"

话音未落,我就发觉他已经和我建立了共感连接。我能感觉到他的存在,只不过这种感觉比以前任何一次都要微弱。

这次连接没有带来以前那种钻心刺骨、充满嘲讽意味的痛楚。我有种莫名的预感,他这次只会默默地观察。假如他真打算折磨我,那一定是有什么原因迫使他推迟了计划。

我朝左手边看去,将金克斯纳入我的视野中。我能感觉出来,在看到金克斯的那一刻,他顿时绷紧了神经。我随即发觉他正在查看我最近的经历,了解最近发生的一切。

我能清晰地感觉到,在获知金克斯打算留在他用来施虐的这个仿真电子世界后,他的反应是既吃惊,又觉得好笑。

我很好奇他为什么还没有开始折磨我,为什么还不把调制器弄成失调的状态。但我马上就明白了他的用意:世上最狠毒的折磨手段之一,就是让受害者知道痛苦就在眼前,却又按兵不动。

我仿佛听见了他那恶毒的笑声,他在用这种笑声回应我刚才的内心活动。一发现我又有了新愁,他似乎更开心了。

事不宜迟。我们离开了传送带,在摩肩接踵的人海中奋力前行。

霍尔?我在心里想道。

没有回应。我马上想起来,他和我的连接是单向的。

霍尔,我想我能帮您拯救这个仿真电子世界。

一点儿被逗乐的反应也没有。他在听吗?话又说回来,他肯定已经知道了我的计划,他肯定已经发现了我藏在内心的想法。

我打算让这些民众去破坏西斯金的模拟器。我愿意去冒这个险。

见我以如此敬畏和谦卑的态度直接和他讲话,他又获得了多少快感呢?

我打算向他们揭露西斯金的阴谋,这样一来所有人都会抵制,甚至去摧毁他的模拟器。而这也正是您想看到的。但是请相信我,事情没必要走到这一步。因为我们有办法让西斯金的模拟器和您的民调员在这下面共存。我们只需要把"反应"的研究领域限制在社会学就行了。

我仍然不知道他是否在考虑我的提议,甚至不知道他有没有在听我说。

我想我能煽动民众对西斯金反戈相向。但我无法阻止他们把怒气撒在"幻世-3"身上,而您可以。很简单,您只需要降下一场猛烈的暴风雨——等我煽起他们对西斯金的怒火后——就能把他们统统驱散。

与此同时,您还需要改写几个人的程序,剥夺西斯金的财富,并把他的模拟器交给民众。他们会发现那只是一部用来研究人际关系学的模拟器,除此之外别无其他用途。这样一来,民调员存在于世的正当性将丝毫不会受到影响。

他在玩弄我吗?他持续沉默只是想让我愁上加愁吗?还是说他在一心期待我被警察发现,抑或在期待那些即将因为我而幻灭的民众会如何处置我？

我把目光投向天空，想寻找一些迹象，看他有没有照我的提议安排一场暴风雨。可是放眼望去，天空中连一朵云都没有。

我们已经来到了"反应"所在的那个街区。由于街上实在太拥挤，我和金克斯几乎寸步难行。

前方，悬挂在"反应"大楼前的一副巨大而花哨的标语正在迎风飘动：

——见证历史的时刻——
今日公开演示
（蒙霍勒斯·P.西斯金所赐）
反应股份有限公司将为人际关系学领域
解决首个问题

这当然是谎言。希思不可能有时间为模拟器添加新功能。西斯金肯定会让民众苦等几个小时，最后再对他们空谈一下美好的未来——为他下一次通过立法手段向民调员发起进攻造势。

我和金克斯随着人群继续前进。多亏西斯金的这次"公开演示"，现场成千上万的民众都将听到我的呼声。

金克斯紧张地看着我，"他肯定已经和你进行连接了！"

而我此时正全力集中精神，鼓起勇气向"操作员"做最后的请求：

霍尔，要是您正在考虑我的提议，我还想请求您几件事：多萝西·福特理应过上更好的生活，请您抹掉她那些悲惨的经历；惠特尼比希思更适合主管社会学研究工作；还有——请您想办法把金克斯带离这个世界,我已经无能为力了。

我们来到了最后一个十字路口,我感觉自己就像一个不停祈祷的人。我这样低声下气地向"操作员"恳求,犹如虔诚地向上帝祈祷,两者至少都有一个共同的不确定性:你不能指望上帝给你一个清楚的回应。

但我马上就感觉到了——越来越强烈的眩晕、山呼海啸却又无声无息的轰鸣、令人作呕的恶心感,以及并不存在,却又炙烤着我每一处感官的烈火炽焰。

他一定把调制器弄成了失调状态。我的痛苦越来越深,他的狂笑声也随之传来。

他听见了我的心声。我卑顺的态度,却只是令他无比欢喜、充满期待。

我马上意识到,他可能根本就没想过要挽救这个世界。或许他一直以来都在期待,期待欣赏成千上万的虚拟人目睹自己的世界被毁灭时那魂飞魄散的模样。

我们身陷其中的那股人潮突然向前涌动,接着又转向了左边。人群好似一道冲过木桩的水流,从一座传送带换乘站台的两旁迅速分流而过。

我俩被挤到了齐腰高的站台旁,我伸出一只手臂挡在金克斯身前,以免她撞到站台的金属边缘。不远处,两名警察正在竭力维持看上去还算稳定的秩序。

我先把金克斯推上站台,自己再踩在一条已经断裂的传送带那残破变形的边沿爬上站台,来到她的身旁。我们在奋力往回走、朝站台指挥室前进的途中,两次差点儿被人群挤下去。

随后,我们来到了指挥室外一块"V"形的凹墙中。我评估了一下我们所在的位置。我们身后和两旁都是钢墙,只有前方没

有遮挡,可以俯瞰下方正在涌向街对面"反应"大楼的汹涌人潮

我抓住金克斯的肩膀,让她转向我,"我不想用这种方式,但现在已经别无选择了。"

我一只手搂住她的腰部,把她拉到胸前。接着,我挥舞起手中的激光武器,靠大喊大叫来引起人群的注意。

一名女子发现了我手中的枪,立刻尖叫起来:"小心!他有枪!"她随即跳下了站台。

三名男子也跟着跳了下去,其中一人边跳还边叫:"是霍尔!是那个叫霍尔的家伙!"

一秒钟后,除了我和金克斯,整个换乘站台已经空空荡荡,只剩我俩站在站台指挥室外那道"V"形凹墙的开口处。

我停止挥舞已经没有能量的激光枪,将枪口对准了金克斯。

离我们较近的那个警察挤过争相退后的民众来到站台边缘,拔出了他的枪。

"别想把我们射晕!"我警告道,"你要是开了枪,我的下意识反应会要了她的命!"

他放下了手中的枪,不知所措地看着另一位终于挤到他身边的警察。

"你们不该保护西斯金的模拟器!"我向人群吼道,"他没打算用那部模拟器造福人类!"

人群顿时爆发出一片不满的嘘声,有个人尖声叫嚷道:"把他从那儿弄下来!"

又有四名警察挤到了站台边,开始向两旁散开包抄我们。但少了建筑的遮掩,他们不敢走太近。

"我觉得这样行不通,道格。"金克斯担忧地说,"他们根本听不进去。"

等嘲笑和嘘声平息后，我继续道："你们这群蠢货——你们全都是蠢货！西斯金在耍你们！他只是在利用你们来保护他的模拟器免遭民调员破坏！"

我随即被一阵齐声的"骗子！骗子！"淹没。

有个警察试图爬上站台。我立刻将金克斯拉得更近了一些，并把抵在她肋骨上的枪顶得更紧了。

他只好又跳了下去，沮丧地看着他的枪。那把枪的激光束已经被调到了最细，足以致命的强度。

我正准备继续向民众解释，但身子却忽然颤抖起来。一定是"操作员"加强了他的共感连接调制器失调的程度。雷鸣般的轰鸣和炽热的高温在我的脑海里肆虐。我苦苦支撑着。

"道格，怎么了？"金克斯急切地问。

"没事。"

"是'操作员'吗？"

"不是。"她没必要知道我被连接的事。

我感觉她的紧张感逐渐褪去。

人群安静了下来，于是我用更激烈的言辞向他们吼道：

"假如事实并非如此，我还会冒死前来告诉你们吗？西斯金只想博取你们的同情，这样舆监会就无力对抗他了！他只想用那部模拟器为他自己牟利！"

上层世界的霍尔再次加强了调制器失调的程度，轰鸣声在我的脑袋里疯狂地肆虐。只有等他的狂笑声传来时，这些轰鸣才会有所消减。

我抬头望向天空，依然没有一丝云的踪影。他要么真的想摧毁他的仿真电子世界，要么认为我无法说服这成千上万的民众。

"西斯金想的是主宰这个国家！"我绝望地咆哮道，"他正在和党策划一个阴谋！阴谋奴役你们！"

我的脑海中再度响起隆隆的轰鸣声，我不得不等这些声响渐渐消失后，才又继续道：

"有了那部模拟器为他的仕途出谋划策，只要是他想担任的官职，他都能选上！"

有些人在注意听我说了。但大部分人再次喝起了倒彩，试图压过我的声音。

一大群警察包围了站台，其中几个挤过人群，绕到了指挥室后方，还有个警察正朝着他的对讲机呼喊着什么。要不了多久，上空就会出现一辆飞行车。到那时，金克斯便无法为我提供掩护了。

街对面，有几个人在"反应"大楼的楼顶走动。我认出了其中两人：多萝西·福特和那位新任技术主管——马库斯·希思。

我连忙朝下面的民众继续吼道："我之所以知道西斯金的阴谋，是因为我也参与了这个阴谋！要是你们现在不相信我，将来事实一定会证明，你们的确是西斯金眼中的蠢货！"

楼顶的希思将一部扩音器举到他的嘴边。上方传来他歇斯底里的咆哮声：

"别听他的！他在撒谎！他说这些话只是因为他被西斯金集团开除了，而下达开除命令的正是西斯金先生和党——"

他突然住了嘴，显然意识到自己刚才说了什么。他本来可以接着往下说"——党和西斯金先生根本就没有任何往来"，这样便能掩盖他的口误。

但他没有。他一下子慌了神。而随后仓皇逃回大楼内的举动，证实了我之前的话。

本来光是这样就已经足够有说服力了。但多萝西也站了出来。她捡起扩音器,对着话筒朝下面冷静地说道:

"道格拉斯·霍尔刚才说的都是事实。我是西斯金先生的私人秘书,我可以作证,他刚才说的话句句属实。"

我顿时如释重负,看着下方的民众冲向"反应"大楼。但我随即痛不欲生地叫了起来。显然,我的成功激怒了"操作员",他一定把共感连接的失调程度调到了最强。

金克斯叫道:"他连进来了!"

我痛苦不已地点了点头。

一道细如铅笔的激光束从上方射入我的肩膀。在倒地的同时,我看到了那名开枪的警察,他正趴在站台指挥室顶部的边沿。

我伸手想推开金克斯,却碰了个空。她不见了。她终于退出投影,回到了自己的世界。

她的消失把周围的警察都惊呆了。但一瞬过后,第二道激光束就刺穿了我的胸部,第三道划破了我的腹部,第四道则削掉了我半个下巴。

鲜血从各处伤口喷涌而出,我在地上翻滚着,意识跌入了无底深渊。

当我再次恢复意识时,我感觉自己的身下压着柔软的皮革,头上则紧紧套着一块很重的东西。

我一动不动地躺着,如堕五里雾中。没有痛楚,也没有热血从我众多的伤口涌出。就在刚才,我还在失调共感连接的折磨下瑟缩不已,此刻我感觉到的却只有一片静谧。

我马上意识到,我之所以感觉不到疼痛,是因为我身上根本没有伤口!

我困惑不已地睁开双眼,立刻发现自己身在一个陌生的房间中。

虽然我从未见过这个房间,但我还是认出了四周的仿真电子设备。这些设备几乎占据了屋子里所有可利用的地方。

我低头一看,发现自己正躺在一张沙发上,很像我之前与富勒那部模拟器中的虚拟反应单位连接时用的那张沙发。我伸手摘掉戴在头上的共感连接头盔,坐起身来,不解地看着这顶头盔。

我身旁还有一张沙发,它的皮革表面上有躺过的压痕——从压痕的深度来看,应该使用了很长时间。不远处的地板上,还有一顶摔碎的头盔,显然是掉落在地或被人扔过去的。

"道格!"

突然听到金克斯的声音,我吓了一大跳。

"快躺好!别动!"她焦急地低声说道,"快把头盔戴回去!"

她快步走到我左手边一座巨大的控制台的操作面板前,飞快地扳开关,扭旋钮。

听她语气如此焦急,我只好躺回沙发,深陷困惑之中。

这时我听见有人进了屋。一名男子严肃地问:"你在删除程序?"

"没有,"金克斯说,"我们不用删除了。霍尔找到了一个补救办法。我们暂停了模拟器,等把基本的改进措施准备好以后再重新启动。"

"很好!"该男子兴奋地说,"委员听到这个会很高兴的。"

他朝我走了过来,"霍尔呢?"

"他正在休息。刚才开的那个会把他累坏了。"

"告诉他,我觉得在重启模拟器之前,他还是该去休个假。"

脚步声渐渐远去,说明那人已经离开。

我忽然想起了那天以查克·惠特尼之身闯进我办公室的菲尔·阿什顿。不知怎么回事,我也和阿什顿一样,跨越了挡在两个世界之间的仿真电子屏障!可我究竟是怎么做到的?

房间的门关上了,我向上方看去,发现金克斯正站在我身旁,低头看着我。

她跪到地上,摘下我的头盔,脸上绽放出灿烂的笑容,"道格!你已经来到上层世界了!"

我愣怔怔地看着她。

"你还不明白吗?"她继续道,"之前我一直在问你他有没有和你连接,就是为了选择我回来的时机!"

"你退出投影,"我推测道,"回到了这个世界。你知道他当时仍处于连接中,于是把他正在使用的那条回路的电压陡然升到了峰值!"

她点了点头,"我必须这么做,亲爱的。他当时正打算毁掉一个他本来可以挽救的世界。"

"可你为什么不事先告诉我你的计划呢?"

"我怎么能告诉你呢?要是我告诉了你,他肯定也会知道的。"

我站起身,脑袋依旧有些昏沉。我难以置信地摸了摸自己的胸口、肚子和下巴。一点伤口都没有,简直难以置信。我的命运在一瞬间彻底改变了。我和另一个霍尔互换了位置,他进入了我那副已经受了致命伤的身躯,而且只剩下最后一口气!

我跟跟跄跄地朝房间另一头走去。经过一台调制器时,我从光亮的金属表面看到了自己的身影。从五官来看,确实是我自己——确实是我一直以来的那个模样。金克斯没有夸大其词,"操作员"霍尔与虚拟人霍尔在外观上的确一模一样。

我站在窗边,看着下方无比熟悉的街景——传送带,沿着行车道行进的飞行车,着陆岛,穿着打扮和我那个世界一样的行人。为什么要不同呢?我那个虚拟世界只有如实地反映这个世界,才能发挥其应有的作用,不是吗?

我又仔细地观察了一番,随即发现了一个细微的区别。街上不止一个人在若无其事地抽着烟。看来上面这个世界没有"第33条修正案"。显然,我那个虚拟世界的用途之一,就是检验禁烟是否可行。

我猛然转过身来,看着金克斯,"可我们这样真的能蒙混过关吗?"

她扑哧一笑,"为什么不能呢?你就是道格拉斯·霍尔啊。他本来正准备休两个月的假。由于模拟器已经暂停运行,我也可以去休个假了。到时候我们一起去。"

她急切地继续说道:"我会帮你熟悉这里的一切——我会给你看同事们的照片,为你讲解我们这个世界的各方面细节和特征,向你介绍你的身世背景和行为习惯,为你介绍我们的历史、政治和社会习俗。要不了几周,你就会对霍尔的角色了如指掌。"

一定行得通!经她这么一说,连我都明白了这一点,"那……下面那个世界怎么办呢?"

她微笑道:"我们可以把它修补得焕然一新。需要哪些变革和改进你肯定非常清楚。在暂停模拟器之前,我已经通过希思激活了'反应'的防护罩。等你重启模拟器后,你可以从那儿开始着手。"

"在那些民众冲破防护罩之前,我会用铺天盖地的冰雹把他们驱散。"我忽然兴奋起来,"然后我再来大刀阔斧地改造那个世界。"

她拉着我来到桌旁,"我们现在就可以开始了。我们先草拟一份指令,交给下面的人,让他们在我俩休假期间完成前期的准备工作。"

我在霍尔的椅子上坐了下来,此刻我才开始真正意识到,我已经走出幻境,来到了现实。这个转变一时半刻让我有些措手不及,但我相信自己很快就会适应的。最后我一定会产生一种感觉,感觉自己仿佛一直都属于这个真实的世界。

金克斯在我的脸颊上轻轻吻了一下,"你会喜欢这上面的,道格,虽然它不像你的世界那样古雅。你瞧,他给自己的模拟器编程时,展现了他浪漫的天分。他给其中的背景道具起名时,展现了丰富的想象力,比如地中海、里维埃拉、太平洋,还有喜马拉雅山脉。"

她耸了耸肩,仿佛在为自己这个真正的世界稍显单调感到抱歉,"你还会发现,我们的月亮只有你们的四分之一大。但我相信,所有这些差别你将来都会习惯的。"

我伸手搂住她的腰,把她拉到身前。我也相信,我会习惯的。